Candide

ŒUVRES PRINCIPALES

La Henriade
La Pucelle
Histoire de Charles XII
Lettres philosophiques
Zadig, ou la Destinée
Le siècle de Louis XIV
Micromégas
Essai sur les mœurs et l'esprit des nations
Candide, ou l'Optimisme
Traité sur la tolérance
Dictionnaire philosophique
L'Ingénu
L'homme aux quarante écus
La princesse de Babylone
Les lettres d'Amabed
Le taureau blanc
Histoire de Jenni, ou le Sage et l'Athée

Voltaire

Candide
ou l'Optimisme

Librio

Texte intégral

CANDIDE OU L'OPTIMISME,

TRADUIT DE L'ALLEMAND
DE Mr. LE DOCTEUR RALPH,

AVEC LES ADDITIONS QU'ON A TROUVÉES DANS LA POCHE
DU DOCTEUR, LORSQU'IL MOURUT À MINDEN,
L'AN DE GRÂCE 1759

CHAPITRE PREMIER

COMMENT CANDIDE FUT ÉLEVÉ DANS UN BEAU CHÂTEAU, ET COMMENT IL FUT CHASSÉ D'ICELUI

Il y avait en Vestphalie, dans le château de monsieur le baron de Thunder-ten-tronckh, un jeune garçon à qui la nature avait donné les mœurs les plus douces. Sa physionomie annonçait son âme. Il avait le jugement assez droit, avec l'esprit le plus simple ; c'est, je crois, pour cette raison qu'on le nommait Candide. Les anciens domestiques de la maison soupçonnaient qu'il était fils de la sœur de monsieur le baron, et d'un bon et honnête gentilhomme du voisinage, que cette demoiselle ne voulut jamais épouser parce qu'il n'avait pu prouver que soixante et onze quartiers, et que le reste de son arbre généalogique avait été perdu par l'injure du temps.

Monsieur le baron était un des plus puissants seigneurs de la Vestphalie, car son château avait une porte et des fenêtres. Sa grande salle même était ornée d'une tapisserie. Tous les chiens de ses basses-cours composaient une meute dans le besoin ; ses palefreniers étaient ses piqueurs ; le vicaire du village était son grand aumônier. Ils l'appelaient tous Monseigneur, et ils riaient quand il faisait des contes.

Madame la baronne, qui pesait environ trois cent cinquante livres, s'attirait par là une très grande considération,

et faisait les honneurs de la maison avec une dignité qui la rendait encore plus respectable. Sa fille Cunégonde, âgée de dix-sept ans, était haute en couleur, fraîche, grasse, appétissante. Le fils du baron paraissait en tout digne de son père. Le précepteur Pangloss était l'oracle de la maison, et le petit Candide écoutait ses leçons avec toute la bonne foi de son âge et de son caractère.

Pangloss enseignait la métaphysico-théologo-cosmolonigologie. Il prouvait admirablement qu'il n'y a point d'effet sans cause, et que, dans ce meilleur des mondes possibles, le château de monseigneur le baron était le plus beau des châteaux, et madame la meilleure des baronnes possibles.

« Il est démontré, disait-il, que les choses ne peuvent être autrement : car tout étant fait pour une fin, tout est nécessairement pour la meilleure fin. Remarquez bien que les nez ont été faits pour porter des lunettes ; aussi avons-nous des lunettes. Les jambes sont visiblement instituées pour être chaussées, et nous avons des chausses. Les pierres ont été formées pour être taillées et pour en faire des châteaux ; aussi monseigneur a un très beau château : le plus grand baron de la province doit être le mieux logé ; et les cochons étant faits pour être mangés, nous mangeons du porc toute l'année. Par conséquent, ceux qui ont avancé que tout est bien ont dit une sottise : il fallait dire que tout est au mieux. »

Candide écoutait attentivement, et croyait innocemment : car il trouvait mademoiselle Cunégonde extrêmement belle, quoiqu'il ne prît jamais la hardiesse de le lui dire. Il concluait qu'après le bonheur d'être né baron de Thunder-ten-tronckh, le second degré de bonheur était d'être mademoiselle Cunégonde ; le troisième, de la voir tous les jours ; et le quatrième, d'entendre maître Pangloss, le plus grand philosophe de la province, et par conséquent de toute la terre.

Un jour, Cunégonde, en se promenant auprès du château, dans le petit bois qu'on appelait parc, vit entre des broussailles le docteur Pangloss qui donnait une leçon de physique expérimentale à la femme de chambre de sa mère, petite brune très jolie et très docile. Comme mademoiselle Cunégonde avait beaucoup de disposition pour les sciences, elle observa, sans souffler, les expériences réitérées dont elle

fut témoin ; elle vit clairement la raison suffisante du docteur, les effets et les causes, et s'en retourna tout agitée, toute pensive, toute remplie du désir d'être savante, songeant qu'elle pourrait bien être la raison suffisante du jeune Candide, qui pouvait aussi être la sienne.

Elle rencontra Candide en revenant au château, et rougit ; Candide rougit aussi ; elle lui dit bonjour d'une voix entrecoupée, et Candide lui parla sans savoir ce qu'il disait. Le lendemain, après le dîner, comme on sortait de table, Cunégonde et Candide se trouvèrent derrière un paravent ; Cunégonde laissa tomber son mouchoir, Candide le ramassa ; elle lui prit innocemment la main ; le jeune homme baisa innocemment la main de la jeune demoiselle avec une vivacité, une sensibilité, une grâce toute particulière ; leurs bouches se rencontrèrent, leurs yeux s'enflammèrent, leurs genoux tremblèrent, leurs mains s'égarèrent. Monsieur le baron de Thunder-ten-tronckh passa auprès du paravent, et, voyant cette cause et cet effet, chassa Candide du château à grands coups de pied dans le derrière ; Cunégonde s'évanouit : elle fut souffletée par madame la baronne dès qu'elle fut revenue à elle-même ; et tout fut consterné dans le plus beau et le plus agréable des châteaux possibles.

CHAPITRE SECOND

CE QUE DEVINT CANDIDE PARMI LES BULGARES

Candide, chassé du paradis terrestre, marcha longtemps sans savoir où, pleurant, levant les yeux au ciel, les tournant souvent vers le plus beau des châteaux, qui renfermait la plus belle des baronnettes, il se coucha sans souper au milieu des champs entre deux sillons ; la neige tombait à gros flocons. Candide, tout transi, se traîna le lendemain vers la ville voisine, qui s'appelle Valdberghoff-trarbk-dik-dorff, n'ayant point d'argent, mourant de faim, et de lassitude. Il s'arrêta tristement à la porte d'un cabaret.

Deux hommes habillés de bleu le remarquèrent : « Camarade, dit l'un, voilà un jeune homme très bien fait, et qui a la taille requise. » Ils s'avancèrent vers Candide, et le prièrent à dîner très civilement. « Messieurs, leur dit Candide

avec une modestie charmante, vous me faites beaucoup d'honneur, mais je n'ai pas de quoi payer mon écot. – Ah ! monsieur, lui dit un des bleus, les personnes de votre figure et de votre mérite ne payent jamais rien : n'avez-vous pas cinq pieds cinq pouces de haut ? – Oui, messieurs, c'est ma taille, dit-il en faisant la révérence. – Ah ! monsieur, mettez-vous à table ; non seulement nous vous défrayerons, mais nous ne souffrirons jamais qu'un homme comme vous manque d'argent ; les hommes ne sont faits que pour se secourir les uns les autres. – Vous avez raison, dit Candide ; c'est ce que monsieur Pangloss m'a toujours dit, et je vois bien que tout est au mieux. » On le prie d'accepter quelques écus, il les prend et veut faire son billet ; on n'en veut point, on se met à table. « N'aimez-vous pas tendrement ?... – Oh ! oui, répond-il, j'aime tendrement mademoiselle Cuné-gonde. – Non, dit l'un de ces messieurs, nous vous demandons si vous n'aimez pas tendrement le roi des Bulgares ? – Point du tout, dit-il, car je ne l'ai jamais vu. – Comment ! c'est le plus charmant des rois, et il faut boire à sa santé. – Oh ! très volontiers, messieurs. » Et il boit. « C'en est assez, lui dit-on, vous voilà l'appui, le soutien, le défenseur, le héros des Bulgares ; votre fortune est faite, et votre gloire est assurée. » On lui met sur-le-champ les fers aux pieds, et on le mène au régiment. On le fait tourner à droite, à gauche, hausser la baguette, remettre la baguette, coucher en joue, tirer, doubler le pas, et on lui donne trente coups de bâton ; le lendemain, il fait l'exercice un peu moins mal, et il ne reçoit que vingt coups ; le surlendemain, on ne lui en donne que dix, et il est regardé par ses camarades comme un prodige.

Candide, tout stupéfait, ne démêlait pas encore trop bien comment il était un héros. Il s'avisa un beau jour de prin-temps de s'aller promener, marchant tout droit devant lui, croyant que c'était un privilège de l'espèce humaine, comme de l'espèce animale, de se servir de ses jambes à son plaisir. Il n'eut pas fait deux lieues que voilà quatre autres héros de six pieds qui l'atteignent, qui le lient, qui le mènent dans un cachot. On lui demanda juridiquement ce qu'il aimait le mieux d'être fustigé trente-six fois par tout le régi-ment, ou de recevoir à la fois douze balles de plomb dans la cervelle. Il eut beau dire que les volontés sont libres, et qu'il

ne voulait ni l'un ni l'autre, il fallut faire un choix : il se détermina, en vertu du don de Dieu qu'on nomme *liberté*, à passer trente-six fois par les baguettes ; il essuya deux promenades. Le régiment était composé de deux mille hommes. Cela lui composa quatre mille coups de baguettes, qui, depuis la nuque du cou jusqu'au cul, lui découvrirent les muscles et les nerfs. Comme on allait procéder à la troisième course, Candide, n'en pouvant plus, demanda en grâce qu'on voulût bien avoir la bonté de lui casser la tête : il obtint cette faveur ; on lui bande les yeux ; on le fait mettre à genoux. Le roi des Bulgares passe dans ce moment, s'informe du crime du patient ; et comme ce roi avait un grand génie, il comprit, par tout ce qu'il apprit de Candide, que c'était un jeune métaphysicien fort ignorant des choses de ce monde, et il lui accorda sa grâce avec une clémence qui sera louée dans tous les journaux et dans tous les siècles. Un brave chirurgien guérit Candide en trois semaines avec les émollients enseignés par Dioscoride. Il avait déjà un peu de peau, et pouvait marcher, quand le roi des Bulgares livra bataille au roi des Abares.

CHAPITRE TROISIÈME

COMMENT CANDIDE SE SAUVA D'ENTRE LES BULGARES, ET CE QU'IL DEVINT

Rien n'était si beau, si leste, si brillant, si bien ordonné que les deux armées. Les trompettes, les fifres, les hautbois, les tambours, les canons, formaient une harmonie telle qu'il n'y en eut jamais en enfer. Les canons renversèrent d'abord à peu près six mille hommes de chaque côté ; ensuite la mousqueterie ôta du meilleur des mondes environ neuf à dix mille coquins qui en infectaient la surface. La baïonnette fut aussi la raison suffisante de la mort de quelques milliers d'hommes. Le tout pouvait bien se monter à une trentaine de mille âmes. Candide, qui tremblait comme un philosophe, se cacha du mieux qu'il put pendant cette boucherie héroïque.

Enfin, tandis que les deux rois faisaient chanter des *Te Deum*, chacun dans son camp, il prit le parti d'aller raison-

13

ner ailleurs des effets et des causes. Il passa par-dessus des tas de morts et de mourants, et gagna d'abord un village voisin ; il était en cendres : c'était un village abare que les Bulgares avaient brûlé, selon les lois du droit public. Ici des vieillards criblés de coups regardaient mourir leurs femmes égorgées, qui tenaient leurs enfants à leurs mamelles sanglantes ; là des filles, éventrées après avoir assouvi les besoins naturels de quelques héros, rendaient les derniers soupirs ; d'autres, à demi brûlées, criaient qu'on achevât de leur donner la mort. Des cervelles étaient répandues sur la terre à côté de bras et de jambes coupés.

Candide s'enfuit au plus vite dans un autre village : il appartenait à des Bulgares, et les héros abares l'avaient traité de même. Candide, toujours marchant sur des membres palpitants, ou à travers des ruines, arriva enfin hors du théâtre de la guerre, portant quelques petites provisions dans son bissac, et n'oubliant jamais mademoiselle Cunégonde. Ses provisions lui manquèrent quand il fut en Hollande ; mais ayant entendu dire que tout le monde était riche dans ce pays-là, et qu'on y était chrétien, il ne douta pas qu'on ne le traitât aussi bien qu'il l'avait été dans le château de monsieur le baron, avant qu'il en eût été chassé pour les beaux yeux de mademoiselle Cunégonde.

Il demanda l'aumône à plusieurs graves personnages, qui lui répondirent tous que, s'il continuait à faire ce métier, on l'enfermerait dans une maison de correction pour lui apprendre à vivre.

Il s'adressa ensuite à un homme qui venait de parler tout seul une heure de suite sur la charité dans une grande assemblée. Cet orateur, le regardant de travers, lui dit : « Que venez-vous faire ici ? y êtes-vous pour la bonne cause ? – Il n'y a point d'effet sans cause, répondit modestement Candide ; tout est enchaîné nécessairement, et arrangé pour le mieux. Il a fallu que je fusse chassé d'auprès de mademoiselle Cunégonde, que j'aie passé par les baguettes, et il faut que je demande mon pain, jusqu'à ce que je puisse en gagner ; tout cela ne pouvait être autrement. – Mon ami, lui dit l'orateur, croyez-vous que le pape soit l'Antéchrist ? – Je ne l'avais pas encore entendu dire, répondit Candide ; mais, qu'il le soit ou qu'il ne le soit pas, je manque de pain. – Tu ne mérites pas d'en manger, dit

l'autre ; va, coquin ; va, misérable, ne m'approche de ta vie. »
La femme de l'orateur ayant mis la tête à la fenêtre, et avisant un homme qui doutait que le pape fût antéchrist, lui
répandit sur le chef un plein... Ô ciel ! à quel excès se porte
le zèle de la religion dans les dames !

Un homme qui n'avait point été baptisé, un bon anabaptiste, nommé Jacques, vit la manière cruelle et ignominieuse dont on traitait ainsi un de ses frères, un être à deux
pieds sans plumes, qui avait une âme ; il l'emmena chez lui,
le nettoya, lui donna du pain et de la bière, lui fit présent de
deux florins, et voulut même lui apprendre à travailler dans
ses manufactures aux étoffes de Perse qu'on fabrique en
Hollande. Candide, se prosternant presque devant lui,
s'écriait : « Maître Pangloss me l'avait bien dit que tout est
au mieux dans ce monde, car je suis infiniment plus touché
de votre extrême générosité que de la dureté de ce monsieur
à manteau noir, et de madame son épouse. »

Le lendemain, en se promenant, il rencontra un gueux
tout couvert de pustules, les yeux morts, le bout du nez
rongé, la bouche de travers, les dents noires, et parlant de la
gorge, tourmenté d'une toux violente, et crachant une dent
à chaque effort.

CHAPITRE QUATRIÈME

COMMENT CANDIDE RENCONTRA SON ANCIEN
MAÎTRE DE PHILOSOPHIE,
LE DOCTEUR PANGLOSS, ET CE QUI EN ADVINT

Candide, plus ému encore de compassion que d'horreur,
donna à cet épouvantable gueux les deux florins qu'il avait
reçus de son honnête anabaptiste Jacques. Le fantôme le
regarda fixement, versa des larmes, et sauta à son cou. Candide, effrayé, recule. « Hélas ! dit le misérable à l'autre misérable, ne reconnaissez-vous plus votre cher Pangloss ?
– Qu'entends-je ? Vous, mon cher maître ! vous, dans cet
état horrible ! Quel malheur vous est-il donc arrivé ? Pourquoi n'êtes-vous plus dans le plus beau des châteaux ?
Qu'est devenue mademoiselle Cunégonde, la perle des filles,
le chef-d'œuvre de la nature ? – Je n'en peux plus », dit Pangloss. Aussitôt Candide le mena dans l'étable de l'anabap-

tiste, où il lui fit manger un peu de pain ; et quand Pangloss fut refait : « Eh bien ! lui dit-il, Cunégonde ? – Elle est morte », reprit l'autre. Candide s'évanouit à ce mot ; son ami rappela ses sens avec un peu de mauvais vinaigre qui se trouva par hasard dans l'étable. Candide rouvre les yeux. « Cunégonde est morte ! Ah ! meilleur des mondes, où êtes-vous ? Mais de quelle maladie est-elle morte ? Ne serait-ce point de m'avoir vu chasser du beau château de monsieur son père à grands coups de pied ? – Non, dit Pangloss, elle a été éventrée par des soldats bulgares, après avoir été violée autant qu'on peut l'être ; ils ont cassé la tête à monsieur le baron, qui voulait la défendre ; madame la baronne a été coupée en morceaux ; mon pauvre pupille, traité précisément comme sa sœur ; et quant au château, il n'est pas resté pierre sur pierre, pas une grange, pas un mouton, pas un canard, pas un arbre ; mais nous avons été bien vengés, car les Abares en ont fait autant dans une baronnie voisine qui appartenait à un seigneur bulgare. »

À ce discours, Candide s'évanouit encore ; mais, revenu à soi et ayant dit tout ce qu'il devait dire, il s'enquit de la cause et de l'effet, et de la raison suffisante qui avaient mis Pangloss dans un si piteux état. « Hélas ! dit l'autre, c'est l'amour : l'amour, le consolateur du genre humain, le conservateur de l'univers, l'âme de tous les êtres sensibles, le tendre amour. – Hélas ! dit Candide, je l'ai connu, cet amour, ce souverain des cœurs, cette âme de notre âme ; il ne m'a jamais valu qu'un baiser et vingt coups de pied au cul. Comment cette belle cause a-t-elle pu produire en vous un effet si abominable ? »

Pangloss répondit en ces termes : « Ô mon cher Candide ! vous avez connu Paquette, cette jolie suivante de notre auguste baronne ; j'ai goûté dans ses bras les délices du paradis, qui ont produit ces tourments d'enfer dont vous me voyez dévoré ; elle en était infectée, elle en est peut-être morte. Paquette tenait ce présent d'un cordelier très savant qui avait remonté à la source, car il l'avait eu d'une vieille comtesse, qui l'avait reçu d'un capitaine de cavalerie, qui le devait à une marquise, qui le tenait d'un page, qui l'avait reçu d'un jésuite qui, étant novice, l'avait eu en droite ligne d'un des compagnons de Christophe Colomb. Pour moi, je ne le donnerai à personne, car je me meurs.

– Ô Pangloss ! s'écria Candide, voilà une étrange généalogie ! n'est-ce pas le diable qui en fut la souche ? – Point du tout, répliqua ce grand homme ; c'était une chose indispensable dans le meilleur des mondes, un ingrédient nécessaire : car si Colomb n'avait pas attrapé dans une île de l'Amérique cette maladie qui empoisonne la source de la génération, qui souvent même empêche la génération, et qui est évidemment l'opposé du grand but de la nature, nous n'aurions ni le chocolat ni la cochenille ; il faut encore observer que jusqu'aujourd'hui, dans notre continent, cette maladie nous est particulière, comme la controverse. Les Turcs, les Indiens, les Persans, les Chinois, les Siamois, les Japonais, ne la connaissent pas encore ; mais il y a une raison suffisante pour qu'ils la connaissent à leur tour dans quelques siècles. En attendant, elle a fait un merveilleux progrès parmi nous, et surtout dans ces grandes armées composées d'honnêtes stipendiaires bien élevés, qui décident du destin des États ; on peut assurer que, quand trente mille hommes combattent en bataille rangée contre des troupes égales en nombre, il y a environ vingt mille vérolés de chaque côté.

– Voilà qui est admirable, dit Candide ; mais il faut vous faire guérir. – Et comment le puis-je ? dit Pangloss ; je n'ai pas le sou, mon ami, et dans toute l'étendue de ce globe on ne peut ni se faire saigner, ni prendre un lavement sans payer, ou sans qu'il y ait quelqu'un qui paye pour nous. »

Ce dernier discours détermina Candide ; il alla se jeter aux pieds de son charitable anabaptiste Jacques, et lui fit une peinture si touchante de l'état où son ami était réduit, que le bonhomme n'hésita pas à recueillir le docteur Pangloss ; il le fit guérir à ses dépens. Pangloss, dans la cure, ne perdit qu'un œil et une oreille. Il écrivait bien, et savait parfaitement l'arithmétique. L'anabaptiste Jacques en fit son teneur de livres. Au bout de deux mois, étant obligé d'aller à Lisbonne pour les affaires de son commerce, il mena dans son vaisseau ses deux philosophes. Pangloss lui expliqua comment tout était on ne peut mieux. Jacques n'était pas de cet avis. « Il faut bien, disait-il, que les hommes aient un peu corrompu la nature, car ils ne sont point nés loups, et ils sont devenus loups. Dieu ne leur a donné ni canons de vingt-quatre, ni baïonnettes ; et ils se sont fait des baïon-

nettes et des canons pour se détruire. Je pourrais mettre en ligne de compte les banqueroutes, et la justice, qui s'empare des biens des banqueroutiers pour en frustrer les créanciers. – Tout cela était indispensable, répliquait le docteur borgne, et les malheurs particuliers font le bien général ; de sorte que plus il y a de malheurs particuliers, et plus tout est bien. » Tandis qu'il raisonnait, l'air s'obscurcit, les vents soufflèrent des quatre coins du monde, et le vaisseau fut assailli de la plus horrible tempête, à la vue du port de Lisbonne.

CHAPITRE CINQUIÈME

TEMPÊTE, NAUFRAGE, TREMBLEMENT DE TERRE, ET CE QUI ADVINT DU DOCTEUR PANGLOSS, DE CANDIDE, ET DE L'ANABAPTISTE JACQUES

La moitié des passagers affaiblis, expirants de ces angoisses inconcevables que le roulis d'un vaisseau porte dans les nerfs et dans toutes les humeurs du corps agitées en sens contraires, n'avait pas même la force de s'inquiéter du danger. L'autre moitié jetait des cris et faisait des prières ; les voiles étaient déchirées, les mâts brisés, le vaisseau entr'ouvert. Travaillait qui pouvait, personne ne s'entendait, personne ne commandait. L'anabaptiste aidait un peu à la manœuvre ; il était sur le tillac ; un matelot furieux le frappe rudement et l'étend sur les planches ; mais du coup qu'il lui donna, il eut lui-même une si violente secousse qu'il tomba hors du vaisseau, la tête la première. Il restait suspendu et accroché à une partie de mât rompue. Le bon Jacques court à son secours, l'aide à remonter, et de l'effort qu'il fait il est précipité dans la mer à la vue du matelot, qui le laissa périr sans daigner seulement le regarder. Candide approche, voit son bienfaiteur qui reparaît un moment, et qui est englouti pour jamais. Il veut se jeter après lui dans la mer : le philosophe Pangloss l'en empêche, en lui prouvant que la rade de Lisbonne avait été formée exprès pour que cet anabaptiste s'y noyât. Tandis qu'il le prouvait *a priori*, le vaisseau s'entr'ouvre ; tout périt, à la réserve de Pangloss, de Candide, et de ce brutal de matelot qui avait noyé le vertueux anabaptiste : le coquin nagea

heureusement jusqu'au rivage, où Pangloss et Candide furent portés sur une planche.

Quand ils furent revenus un peu à eux, ils marchèrent vers Lisbonne ; il leur restait quelque argent, avec lequel ils espéraient se sauver de la faim après avoir échappé à la tempête.

À peine ont-ils mis le pied dans la ville, en pleurant la mort de leur bienfaiteur, qu'ils sentent la terre trembler sous leurs pas, la mer s'élève en bouillonnant dans le port, et brise les vaisseaux qui sont à l'ancre. Des tourbillons de flammes et de cendres couvrent les rues et les places publiques ; les maisons s'écroulent, les toits sont renversés sur les fondements, et les fondements se dispersent ; trente mille habitants de tout âge et de tout sexe sont écrasés sous des ruines. Le matelot disait en sifflant et en jurant : « Il y aura quelque chose à gagner ici. – Quelle peut être la raison suffisante de ce phénomène ? disait Pangloss. – Voici le dernier jour du monde ! » s'écriait Candide. Le matelot court incontinent au milieu des débris, affronte la mort pour trouver de l'argent, en trouve, s'en empare, s'enivre, et, ayant cuvé son vin, achète les faveurs de la première fille de bonne volonté qu'il rencontre sur les ruines des maisons détruites, et au milieu des mourants et des morts. Pangloss le tirait cependant par la manche : « Mon ami, lui disait-il, cela n'est pas bien, vous manquez à la raison universelle, vous prenez mal votre temps. – Tête et sang, répondit l'autre, je suis matelot et né à Batavia ; j'ai marché quatre fois sur le crucifix dans quatre voyages au Japon ; tu as bien trouvé ton homme avec ta raison universelle ! »

Quelques éclats de pierre avaient blessé Candide ; il était étendu dans la rue et couvert de débris. Il disait à Pangloss : « Hélas ! procure-moi un peu de vin et d'huile ; je me meurs. – Ce tremblement de terre n'est pas une chose nouvelle, répondit Pangloss ; la ville de Lima éprouva les mêmes secousses en Amérique l'année passée ; mêmes causes, mêmes effets : il y a certainement une traînée de soufre sous terre depuis Lima jusqu'à Lisbonne. – Rien n'est plus probable, dit Candide ; mais, pour Dieu, un peu d'huile et de vin. – Comment, probable ? répliqua le philosophe, je soutiens que la chose est démontrée. » Candide perdit connais-

sance, et Pangloss lui apporta un peu d'eau d'une fontaine voisine.

Le lendemain, ayant trouvé quelques provisions de bouche en se glissant à travers des décombres, ils réparèrent un peu leurs forces. Ensuite ils travaillèrent comme les autres à soulager les habitants échappés à la mort. Quelques citoyens, secourus par eux, leur donnèrent un aussi bon dîner qu'on le pouvait dans un tel désastre : il est vrai que le repas était triste ; les convives arrosaient leur pain de leurs larmes ; mais Pangloss les consola, en les assurant que les choses ne pouvaient être autrement : « Car, dit-il, tout ceci est ce qu'il y a de mieux ; car s'il y a un volcan à Lisbonne, il ne pouvait être ailleurs ; car il est impossible que les choses ne soient pas où elles sont ; car tout est bien. »

Un petit homme noir, familier de l'Inquisition, lequel était à côté de lui, prit poliment la parole et dit : « Apparemment que monsieur ne croit pas au péché originel ; car si tout est au mieux, il n'y a donc eu ni chute ni punition.

– Je demande très humblement pardon à Votre Excellence, répondit Pangloss encore plus poliment, car la chute de l'homme et la malédiction entraient nécessairement dans le meilleur des mondes possibles. – Monsieur ne croit donc pas à la liberté ? dit le familier. – Votre Excellence m'excusera, dit Pangloss ; la liberté peut subsister avec la nécessité absolue : car il était nécessaire que nous fussions libres ; car enfin la volonté déterminée... » Pangloss était au milieu de sa phrase, quand le familier fit un signe de tête à son estafier qui lui servait à boire du vin de Porto ou d'Oporto.

CHAPITRE SIXIÈME

COMMENT ON FIT UN BEL AUTO-DA-FÉ
POUR EMPÊCHER LES TREMBLEMENTS DE TERRE,
ET COMMENT CANDIDE FUT FESSÉ

Après le tremblement de terre qui avait détruit les trois quarts de Lisbonne, les sages du pays n'avaient pas trouvé un moyen plus efficace pour prévenir une ruine totale que de donner au peuple un bel auto-da-fé ; il était décidé par

l'université de Coïmbre que le spectacle de quelques personnes brûlées à petit feu, en grande cérémonie, est un secret infaillible pour empêcher la terre de trembler.

On avait en conséquence saisi un Biscayen convaincu d'avoir épousé sa commère, et deux Portugais qui en mangeant un poulet en avaient arraché le lard : on vint lier après le dîner le docteur Pangloss et son disciple Candide, l'un pour avoir parlé, et l'autre pour avoir écouté avec un air d'approbation : tous deux furent menés séparément dans des appartements d'une extrême fraîcheur, dans lesquels on n'était jamais incommodé du soleil : huit jours après ils furent tous deux revêtus d'un *san-benito*, et on orna leurs têtes de mitres de papier : la mitre et le san-benito de Candide étaient peints de flammes renversées, et de diables qui n'avaient ni queues ni griffes ; mais les diables de Pangloss portaient griffes et queues, et les flammes étaient droites. Ils marchèrent en procession ainsi vêtus, et entendirent un sermon très pathétique, suivi d'une belle musique en faux-bourdon. Candide fut fessé en cadence, pendant qu'on chantait ; le Biscayen et les deux hommes qui n'avaient point voulu manger de lard furent brûlés, et Pangloss fut pendu, quoique ce ne soit pas la coutume. Le même jour, la terre trembla de nouveau avec un fracas épouvantable .

Candide, épouvanté, interdit, éperdu, tout sanglant, tout palpitant, se disait à lui-même : « Si c'est ici le meilleur des mondes possibles, que sont donc les autres ? Passe encore si je n'étais que fessé, je l'ai été chez les Bulgares ; mais, ô mon cher Pangloss ! le plus grand des philosophes, faut-il vous avoir vu pendre, sans que je sache pourquoi ! Ô mon cher anabaptiste ! le meilleur des hommes, faut-il que vous ayez été noyé dans le port ! ô mademoiselle Cunégonde ! la perle des filles, faut-il qu'on vous ait fendu le ventre ! »

Il s'en retournait, se soutenant à peine, prêché, fessé, absous et béni, lorsqu'une vieille l'aborda, et lui dit :

« Mon fils, prenez courage, suivez-moi. »

COMMENT UNE VIEILLE PRIT SOIN DE CANDIDE,
ET COMMENT IL RETROUVA CE QU'IL AIMAIT

Candide ne prit point courage, mais il suivit la vieille dans une masure : elle lui donna un pot de pommade pour se frotter, lui laissa à manger et à boire ; elle lui montra un petit lit assez propre ; il y avait auprès du lit un habit complet. « Mangez, buvez, dormez, lui dit-elle, et que Notre-Dame d'Atocha, monseigneur St. Antoine de Padoue, et monseigneur St. Jacques de Compostelle prennent soin de vous ! je reviendrai demain. » Candide, toujours étonné de tout ce qu'il avait vu, de tout ce qu'il avait souffert, et encore plus de la charité de la vieille, voulut lui baiser la main. « Ce n'est pas ma main qu'il faut baiser, dit la vieille ; je reviendrai demain. Frottez-vous de pommade, mangez et dormez. »

Candide, malgré tant de malheurs, mangea et dormit. Le lendemain, la vieille lui apporte à déjeuner, visite son dos, le frotte elle-même d'une autre pommade ; elle lui apporte ensuite à dîner ; elle revient sur le soir, et apporte à souper. Le surlendemain, elle fit encore les mêmes cérémonies. « Qui êtes-vous ? lui disait toujours Candide ; qui vous a inspiré tant de bonté ? quelles grâces puis-je vous rendre ? » La bonne femme ne répondait jamais rien ; elle revint sur le soir, et n'apporta point à souper : « Venez avec moi, dit-elle, et ne dites mot. » Elle le prend sous le bras, et marche avec lui dans la campagne environ un quart de mille : ils arrivent à une maison isolée, entourée de jardins et de canaux. La vieille frappe à une petite porte. On ouvre ; elle mène Candide, par un escalier dérobé, dans un cabinet doré, le laisse sur un canapé de brocart, referme la porte, et s'en va. Candide croyait rêver, et regardait toute sa vie comme un songe funeste, et le moment présent comme un songe agréable.

La vieille reparut bientôt ; elle soutenait avec peine une femme tremblante, d'une taille majestueuse, brillante de pierreries, et couverte d'un voile. « Ôtez ce voile », dit la vieille à Candide. Le jeune homme approche ; il lève le voile d'une main timide. Quel moment ! quelle surprise ! il croit voir mademoiselle Cunégonde ; il la voyait en effet, c'était elle-même. La force lui manque, il ne peut proférer une

parole, il tombe à ses pieds. Cunégonde tombe sur le canapé. La vieille les accable d'eaux spiritueuses, ils reprennent leurs sens, ils se parlent ; ce sont d'abord des mots entrecoupés, des demandes et des réponses qui se croisent, des soupirs, des larmes, des cris. La vieille leur recommande de faire moins de bruit, et les laisse en liberté. « Quoi ! c'est vous, lui dit Candide ; vous vivez ! je vous retrouve en Portugal ! On ne vous a donc pas violée ? On ne vous a point fendu le ventre, comme le philosophe Pangloss me l'avait assuré ? – Si fait, dit la belle Cunégonde ; mais on ne meurt pas toujours de ces deux accidents. – Mais votre père et votre mère ont-ils été tués ? – Il n'est que trop vrai, dit Cunégonde en pleurant. – Et votre frère ? – Mon frère a été tué aussi. – Et pourquoi êtes-vous en Portugal ? et comment avez-vous su que j'y étais et par quelle étrange aventure m'avez-vous fait conduire dans cette maison ? – Je vous dirai tout cela, répliqua la dame ; mais il faut auparavant que vous m'appreniez tout ce qui vous est arrivé depuis le baiser innocent que vous me donnâtes, et les coups de pied que vous reçûtes. »

Candide lui obéit avec un profond respect ; et quoiqu'il fût interdit, quoique sa voix fût faible et tremblante, quoique l'échine lui fît encore un peu mal, il lui raconta de la manière la plus naïve tout ce qu'il avait éprouvé depuis le moment de leur séparation. Cunégonde levait les yeux au ciel : elle donna des larmes à la mort du bon anabaptiste et de Pangloss ; après quoi elle parla en ces termes à Candide, qui ne perdait pas une parole, et qui la dévorait des yeux.

CHAPITRE HUITIÈME

HISTOIRE DE CUNÉGONDE

« J'étais dans mon lit et je dormais profondément, quand il plut au Ciel d'envoyer les Bulgares dans notre beau château de Thunder-ten-tronckh ; ils égorgèrent mon père et mon frère, et coupèrent ma mère par morceaux. Un grand Bulgare, haut de six pieds, voyant qu'à ce spectacle j'avais perdu connaissance, se mit à me violer ; cela me fit revenir, je repris mes sens, je criai, je me débattis, je mordis, j'égra-

tignai, je voulais arracher les yeux à ce grand Bulgare, ne sachant pas que tout ce qui arrivait dans le château de mon père était une chose d'usage : le brutal me donna un coup de couteau dans le flanc gauche dont je porte encore la marque. – Hélas ! j'espère bien la voir, dit le naïf Candide. – Vous la verrez, dit Cunégonde ; mais continuons. – Continuez », dit Candide.

Elle reprit ainsi le fil de son histoire : « Un capitaine bulgare entra, il me vit toute sanglante, et le soldat ne se dérangeait pas. Le capitaine se mit en colère du peu de respect que lui témoignait ce brutal, et le tua sur mon corps. Ensuite il me fit panser, et m'emmena prisonnière de guerre dans son quartier. Je blanchissais le peu de chemises qu'il avait, je faisais sa cuisine ; il me trouvait fort jolie, il faut l'avouer ; et je ne nierai pas qu'il ne fût très bien fait, et qu'il n'eût la peau blanche et douce ; d'ailleurs peu d'esprit, peu de philosophie : on voyait bien qu'il n'avait pas été élevé par le docteur Pangloss. Au bout de trois mois, ayant perdu tout son argent, et s'étant dégoûté de moi, il me vendit à un juif nommé don Issachar, qui trafiquait en Hollande et en Portugal, et qui aimait passionnément les femmes. Ce juif s'attacha beaucoup à ma personne, mais il ne pouvait en triompher ; je lui ai mieux résisté qu'au soldat bulgare : une personne d'honneur peut être violée une fois, mais sa vertu s'en affermit. Le juif, pour m'apprivoiser, me mena dans cette maison de campagne que vous voyez. J'avais cru jusque-là qu'il n'y avait rien sur la terre de si beau que le château de Thunder-ten-tronckh ; j'ai été détrompée.

« Le grand inquisiteur m'aperçut un jour à la messe ; il me lorgna beaucoup, et me fit dire qu'il avait à me parler pour des affaires secrètes. Je fus conduite à son palais ; je lui appris ma naissance ; il me représenta combien il était au-dessous de mon rang d'appartenir à un israélite. On proposa de sa part à don Issachar de me céder à Monseigneur. Don Issachar, qui est le banquier de la cour, et homme de crédit, n'en voulut rien faire. L'inquisiteur le menaça d'un auto-da-fé. Enfin mon juif, intimidé, conclut un marché par lequel la maison et moi leur appartiendraient à tous deux en commun ; que le juif aurait pour lui les lundis, mercredis et le jour du sabbat, et que l'inquisiteur aurait les autres jours de la semaine. Il y a six mois que cette convention

subsiste. Ce n'a pas été sans querelles ; car souvent il a été indécis si la nuit du samedi au dimanche appartenait à l'ancienne loi ou à la nouvelle. Pour moi, j'ai résisté jusqu'à présent à toutes les deux ; et je crois que c'est pour cette raison que j'ai toujours été aimée.

« Enfin, pour détourner le fléau des tremblements de terre, et pour intimider don Issachar, il plut à monseigneur l'inquisiteur de célébrer un auto-da-fé. Il me fit l'honneur de m'y inviter. Je fus très bien placée ; on servit aux dames des rafraîchissements entre la messe et l'exécution. Je fus, à la vérité, saisie d'horreur en voyant brûler ces deux juifs et cet honnête Biscayen qui avait épousé sa commère ; mais quelle fut ma surprise, mon effroi, mon trouble, quand je vis, dans un san-benito et sous une mitre, une figure qui ressemblait à celle de Pangloss ! Je me frottai les yeux, je regardai attentivement, je le vis pendre ; je tombai en faiblesse. À peine reprenais-je mes sens que je vous vis dépouillé tout nu ; ce fut là le comble de l'horreur, de la consternation, de la douleur, du désespoir. Je vous dirai, avec vérité, que votre peau est encore plus blanche, et d'un incarnat plus parfait que celle de mon capitaine des Bulgares. Cette vue redoubla tous les sentiments qui m'accablaient, qui me dévoraient. Je m'écriai, je voulus dire : "Arrêtez, barbares !" Mais la voix me manqua, et mes cris auraient été inutiles. Quand vous eûtes été bien fessé : "Comment se peut-il faire, disais-je, que l'aimable Candide et le sage Pangloss se trouvent à Lisbonne, l'un pour recevoir cent coups de fouet, et l'autre pour être pendu par l'ordre de monseigneur l'inquisiteur, dont je suis la bien-aimée ? Pangloss m'a donc bien cruellement trompée, quand il me disait que tout va le mieux du monde."

« Agitée, éperdue, tantôt hors de moi-même, et tantôt prête de mourir de faiblesse, j'avais la tête remplie du massacre de mon père, de ma mère, de mon frère, de l'insolence de mon vilain soldat bulgare, du coup de couteau qu'il me donna, de ma servitude, de mon métier de cuisinière, de mon capitaine bulgare, de mon vilain don Issachar, de mon abominable inquisiteur, de la pendaison du docteur Pangloss, de ce grand *miserere* en faux-bourdon pendant lequel on vous fessait, et surtout du baiser que je vous avais donné derrière un paravent, le jour que je vous avais vu pour la

dernière fois. Je louai Dieu, qui vous ramenait à moi par tant d'épreuves. Je recommandai à ma vieille d'avoir soin de vous, et de vous amener ici dès qu'elle le pourrait. Elle a très bien exécuté ma commission ; j'ai goûté le plaisir inexprimable de vous revoir, de vous entendre, de vous parler. Vous devez avoir une faim dévorante ; j'ai grand appétit ; commençons par souper. »

Les voilà qui se mettent tous deux à table ; et, après le souper, ils se replacent sur ce beau canapé dont on a déjà parlé ; ils y étaient quand le signor don Issachar, l'un des maîtres de la maison, arriva. C'était le jour du sabbat. Il venait jouir de ses droits, et expliquer son tendre amour.

CHAPITRE NEUVIÈME

CE QUI ADVINT DE CUNÉGONDE, DE CANDIDE, DU GRAND INQUISITEUR, ET D'UN JUIF

Cet Issachar était le plus colérique Hébreu qu'on eût vu dans Israël, depuis la captivité en Babylone. « Quoi ! dit-il, chienne de galiléenne, ce n'est pas assez de monsieur l'inquisiteur ? Il faut que ce coquin partage aussi avec moi ? » En disant cela il tire un long poignard dont il était toujours pourvu, et, ne croyant pas que son adverse partie eût des armes, il se jette sur Candide ; mais notre bon Vestphalien avait reçu une belle épée de la vieille avec l'habit complet. Il tire son épée, quoiqu'il eût les mœurs fort douces, et vous étend l'israélite roide mort sur le carreau, aux pieds de la belle Cunégonde.

« Sainte Vierge ! s'écria-t-elle, qu'allons-nous devenir ? Un homme tué chez moi ! si la justice vient, nous sommes perdus. – Si Pangloss n'avait pas été pendu, dit Candide, il nous donnerait un bon conseil dans cette extrémité, car c'était un grand philosophe. À son défaut, consultons la vieille. » Elle était fort prudente, et commençait à dire son avis quand une autre petite porte s'ouvrit. Il était une heure après minuit, c'était le commencement du dimanche. Ce jour appartenait à monseigneur l'inquisiteur. Il entre et voit le fessé Candide, l'épée à la main, un mort étendu par terre, Cunégonde effarée, et la vieille donnant des conseils.

Voici dans ce moment ce qui se passa dans l'âme de Candide, et comment il raisonna : « Si ce saint homme appelle du secours, il me fera infailliblement brûler, il pourra en faire autant de Cunégonde ; il m'a fait fouetter impitoyablement ; il est mon rival ; je suis en train de tuer ; il n'y a pas à balancer. » Ce raisonnement fut net et rapide ; et, sans donner le temps à l'inquisiteur de revenir de sa surprise, il le perce d'outre en outre, et le jette à côté du juif. « En voici bien d'une autre, dit Cunégonde ; il n'y a plus de rémission ; nous sommes excommuniés, notre dernière heure est venue ! Comment avez-vous fait, vous qui êtes né si doux, pour tuer en deux minutes un juif et un prélat ? – Ma belle demoiselle, répondit Candide, quand on est amoureux, jaloux, et fouetté par l'Inquisition, on ne se connaît plus. »

La vieille prit alors la parole, et dit : « Il y a trois chevaux andalous dans l'écurie, avec leurs selles et leurs brides : que le brave Candide les prépare ; madame a des moyadors et des diamants, montons vite à cheval, quoique je ne puisse me tenir que sur une fesse, et allons à Cadix ; il fait le plus beau temps du monde, et c'est un grand plaisir de voyager pendant la fraîcheur de la nuit. »

Aussitôt Candide selle les trois chevaux. Cunégonde, la vieille, et lui, font trente milles d'une traite. Pendant qu'ils s'éloignaient, la Ste Hermandad arrive dans la maison, on enterre monseigneur dans une belle église et on jette Issachar à la voirie.

Candide, Cunégonde, et la vieille, étaient déjà dans la petite ville d'Avacéna, au milieu des montagnes de la Sierra-Morena ; et ils parlaient ainsi dans un cabaret.

CHAPITRE DIXIÈME

DANS QUELLE DÉTRESSE
CANDIDE, CUNÉGONDE ET LA VIEILLE
ARRIVENT À CADIX, ET DE LEUR EMBARQUEMENT

« Qui a donc pu me voler mes pistoles et mes diamants ? disait en pleurant Cunégonde ; de quoi vivrons-nous ? comment ferons-nous ? où trouver des inquisiteurs et des juifs qui m'en donnent d'autres ? – Hélas ! dit la vieille, je soupçonne fort un révérend père cordelier qui coucha hier dans

la même auberge que nous à Badajos ; Dieu me garde de faire un jugement téméraire ! mais il entra deux fois dans notre chambre, et il partit longtemps avant nous. – Hélas ! dit Candide, le bon Pangloss m'avait souvent prouvé que les biens de la terre sont communs à tous les hommes, que chacun y a un droit égal. Ce cordelier devait bien, suivant ces principes, nous laisser de quoi achever notre voyage. Il ne vous reste donc rien du tout, ma belle Cunégonde ? – Pas un maravédis, dit-elle. – Quel parti prendre ? dit Candide. – Vendons un des chevaux, dit la vieille ; je monterai en croupe derrière mademoiselle, quoique je ne puisse me tenir que sur une fesse, et nous arriverons à Cadix. »

Il y avait dans la même hôtellerie un prieur de bénédictins ; il acheta le cheval bon marché. Candide, Cunégonde, et la vieille passèrent par Lucena, par Chillas, par Lebrixa, et arrivèrent enfin à Cadix. On y équipait une flotte, et on y assemblait des troupes pour mettre à la raison les révérends pères jésuites du Paraguai, qu'on accusait d'avoir fait révolter une de leurs hordes contre les rois d'Espagne et de Portugal, auprès de la ville du St. Sacrement. Candide, ayant servi chez les Bulgares, fit l'exercice bulgarien devant le général de la petite armée avec tant de grâce, de célérité, d'adresse, de fierté, d'agilité, qu'on lui donna une compagnie d'infanterie à commander. Le voilà capitaine ; il s'embarque avec mademoiselle Cunégonde, la vieille, deux valets, et les deux chevaux andalous qui avaient appartenu à monsieur le grand inquisiteur de Portugal.

Pendant toute la traversée ils raisonnèrent beaucoup sur la philosophie du pauvre Pangloss. « Nous allons dans un autre univers, disait Candide ; c'est dans celui-là, sans doute, que tout est bien. Car il faut avouer qu'on pourrait gémir un peu de ce qui se passe dans le nôtre en physique et en morale. – Je vous aime de tout mon cœur, disait Cunégonde ; mais j'ai encore l'âme tout effarouchée de ce que j'ai vu, de ce que j'ai éprouvé. – Tout ira bien, répliquait Candide ; la mer de ce nouveau monde vaut déjà mieux que les mers de notre Europe ; elle est plus calme, les vents plus constants. C'est certainement le nouveau monde qui est le meilleur des univers possibles. – Dieu le veuille ! disait Cunégonde ; mais j'ai été si horriblement malheureuse dans le mien que mon cœur est presque fermé à l'espérance.

– Vous vous plaignez, leur dit la vieille ; hélas ! vous n'avez pas éprouvé des infortunes telles que les miennes. » Cunégonde se mit presque à rire, et trouva cette bonne femme fort plaisante de prétendre être plus malheureuse qu'elle. « Hélas ! lui dit-elle, ma bonne, à moins que vous n'ayez été violée par deux Bulgares, que vous n'ayez reçu deux coups de couteau dans le ventre, qu'on n'ait démoli deux de vos châteaux, qu'on n'ait égorgé à vos yeux deux mères et deux pères, et que vous n'ayez vu deux de vos amants fouettés dans un auto-da-fé, je ne vois pas que vous puissiez l'emporter sur moi ; ajoutez que je suis née baronne avec soixante et douze quartiers, et que j'ai été cuisinière. – Mademoiselle, répondit la vieille, vous ne savez pas quelle est ma naissance ; et si je vous montrais mon derrière, vous ne parleriez pas comme vous faites, et vous suspendriez votre jugement. » Ce discours fit naître une extrême curiosité dans l'esprit de Cunégonde et de Candide. La vieille leur parla en ces termes.

CHAPITRE ONZIÈME

HISTOIRE DE LA VIEILLE

« Je n'ai pas eu toujours les yeux éraillés et bordés d'écarlate ; mon nez n'a pas toujours touché à mon menton, et je n'ai pas toujours été servante. Je suis la fille du pape Urbain X et de la princesse de Palestrine*a*. On m'éleva jusqu'à quatorze ans dans un palais auquel tous les châteaux de vos barons allemands n'auraient pas servi d'écurie ; et une de mes robes valait mieux que toutes les magnificences de la Vestphalie. Je croissais en beauté, en grâces, en talents, au milieu des plaisirs, des respects, et des espérances. J'inspirais déjà de l'amour ; ma gorge se formait ; et quelle gorge ! blanche, ferme, taillée comme celle de la Vénus de Médicis ; et quels yeux ! quelles paupières ! quels sourcils noirs ! quelles flammes brillaient dans mes

a. Voyez l'extrême discrétion de l'auteur ; il n'y eut jusqu'à présent aucun pape nommé Urbain X ; il craint de donner une bâtarde à un pape connu. Quelle circonspection ! quelle délicatesse de conscience !

deux prunelles, et effaçaient la scintillation des étoiles, comme me disaient les poètes du quartier. Les femmes qui m'habillaient et qui me déshabillaient tombaient en extase en me regardant par-devant et par-derrière ; et tous les hommes auraient voulu être à leur place.

« Je fus fiancée à un prince souverain de Massa-Carrara. Quel prince ! aussi beau que moi, pétri de douceur et d'agréments, brillant d'esprit et brûlant d'amour. Je l'aimais comme on aime pour la première fois, avec idolâtrie, avec emportement. Les noces furent préparées. C'était une pompe, une magnificence inouïe ; c'étaient des fêtes, des carrousels, des opéra-buffa continuels ; et toute l'Italie fit pour moi des sonnets dont il n'y eut pas un seul de passable. Je touchais au moment de mon bonheur, quand une vieille marquise qui avait été maîtresse de mon prince l'invita à prendre du chocolat chez elle. Il mourut en moins de deux heures avec des convulsions épouvantables. Mais ce n'est qu'une bagatelle. Ma mère, au désespoir, et bien moins affligée que moi, voulut s'arracher pour quelque temps à un séjour si funeste. Elle avait une très belle terre auprès de Gaïète. Nous nous embarquâmes sur une galère du pays, dorée comme l'autel de St. Pierre de Rome. Voilà qu'un corsaire de Salé fond sur nous et nous aborde ; nos soldats se défendirent comme des soldats du pape : ils se mirent tous à genoux en jetant leurs armes, et en demandant au corsaire une absolution *in articulo mortis*.

« Aussitôt on les dépouilla nus comme des singes, et ma mère aussi, nos filles d'honneur aussi, et moi aussi. C'est une chose admirable que la diligence avec laquelle ces messieurs déshabillent le monde. Mais ce qui me surprit davantage, c'est qu'ils nous mirent à tous le doigt dans un endroit où nous autres femmes nous ne nous laissons mettre d'ordinaire que des canules. Cette cérémonie me paraissait bien étrange : voilà comme on juge de tout quand on n'est pas sorti de son pays. J'appris bientôt que c'était pour voir si nous n'avions pas caché là quelques diamants : c'est un usage établi de temps immémorial parmi les nations policées qui courent sur mer. J'ai su que messieurs les religieux chevaliers de Malte n'y manquent jamais quand ils prennent des Turcs et des Turques ; c'est une loi du droit des gens à laquelle on n'a jamais dérogé.

« Je ne vous dirai point combien il est dur pour une jeune princesse d'être menée esclave à Maroc avec sa mère. Vous concevez assez tout ce que nous eûmes à souffrir dans le vaisseau corsaire. Ma mère était encore très belle ; nos filles d'honneur, nos simples femmes de chambre, avaient plus de charmes qu'on n'en peut trouver dans toute l'Afrique. Pour moi, j'étais ravissante, j'étais la beauté, la grâce même, et j'étais pucelle. Je ne le fus pas longtemps : cette fleur, qui avait été réservée pour le beau prince de Massa-Carrara, me fut ravie par le capitaine corsaire ; c'était un nègre abominable, qui croyait encore me faire beaucoup d'honneur. Certes il fallait que madame la princesse de Palestrine et moi fussions bien fortes pour résister à tout ce que nous éprouvâmes jusqu'à notre arrivée à Maroc. Mais, passons ; ce sont des choses si communes qu'elles ne valent pas la peine qu'on en parle.

« Maroc nageait dans le sang quand nous arrivâmes. Cinquante fils de l'empereur Mulei-Ismaël avaient chacun leur parti : ce qui produisait en effet cinquante guerres civiles, de noirs contre noirs, de noirs contre basanés, de basanés contre basanés, de mulâtres contre mulâtres : c'était un carnage continuel dans toute l'étendue de l'empire.

« À peine fûmes-nous débarquées que des noirs d'une faction ennemie de celle de mon corsaire se présentèrent pour lui enlever son butin. Nous étions, après les diamants et l'or, ce qu'il avait de plus précieux. Je fus témoin d'un combat tel que vous n'en voyez jamais dans vos climats d'Europe. Les peuples septentrionaux n'ont pas le sang assez ardent. Ils n'ont pas la rage des femmes au point où elle est commune en Afrique. Il semble que vos Européens aient du lait dans les veines ; c'est du vitriol, c'est du feu qui coule dans celles des habitants du mont Atlas et des pays voisins. On combattit avec la fureur des lions, des tigres et des serpents de la contrée, pour savoir à qui nous aurait. Un Maure saisit ma mère par le bras droit, le lieutenant de mon capitaine la retint par le bras gauche ; un soldat maure la prit par une jambe, un de nos pirates la tenait par l'autre. Nos filles se trouvèrent presque toutes en un moment tirées ainsi à quatre soldats. Mon capitaine me tenait cachée derrière lui. Il avait le cimeterre au poing, et tuait tout ce qui s'opposait à sa rage. Enfin je vis toutes nos Italiennes et ma mère

déchirées, coupées, massacrées par les monstres qui se les disputaient. Les captifs, mes compagnons, ceux qui les avaient pris, soldats, matelots, noirs, basanés, blancs, mulâtres, et enfin mon capitaine, tout fut tué, et je demeurai mourante sur un tas de morts. Des scènes pareilles se passaient, comme on sait, dans l'étendue de plus de trois cents lieues, sans qu'on manquât aux cinq prières par jour ordonnées par Mahomet.

« Je me débarrassai avec beaucoup de peine de la foule de tant de cadavres sanglants entassés, et je me traînai sous un grand oranger au bord d'un ruisseau voisin ; j'y tombai d'effroi, de lassitude, d'horreur, de désespoir et de faim. Bientôt après, mes sens accablés se livrèrent à un sommeil qui tenait plus de l'évanouissement que du repos. J'étais dans cet état de faiblesse et d'insensibilité, entre la mort et la vie, quand je me sentis pressée de quelque chose qui s'agitait sur mon corps ; j'ouvris les yeux, je vis un homme blanc et de bonne mine qui soupirait, et qui disait entre ses dents : *O che sciagura d'essere senza c... !* »

CHAPITRE DOUZIÈME

SUITE DES MALHEURS DE LA VIEILLE

« Étonnée et ravie d'entendre la langue de ma patrie, et non moins surprise des paroles que proférait cet homme, je lui répondis qu'il y avait de plus grands malheurs que celui dont il se plaignait. Je l'instruisis en peu de mots des horreurs que j'avais essuyées, et je retombai en faiblesse. Il m'emporta dans une maison voisine, me fit mettre au lit, me fit donner à manger, me servit, me consola, me flatta, me dit qu'il n'avait rien vu de si beau que moi, et que jamais il n'avait tant regretté ce que personne ne pouvait lui rendre. "Je suis né à Naples, me dit-il ; on y chaponne deux ou trois mille enfants tous les ans ; les uns en meurent, les autres acquièrent une voix plus belle que celle des femmes, les autres vont gouverner des États. On me fit cette opération avec un très grand succès, et j'ai été musicien de la chapelle de madame la princesse de Palestrine. – De ma mère ! m'écriai-je. – De votre mère ! s'écria-t-il en pleurant ; quoi !

vous seriez cette jeune princesse que j'ai élevée jusqu'à l'âge de six ans, et qui promettait déjà d'être aussi belle que vous êtes ? – C'est moi-même ; ma mère est à quatre cents pas d'ici, coupée en quartiers sous un tas de morts... "

« Je lui contai tout ce qui m'était arrivé ; il me conta aussi ses aventures, et m'apprit comment il avait été envoyé chez le roi de Maroc par une puissance chrétienne, pour conclure avec ce monarque un traité par lequel on lui fournirait de la poudre, des canons, et des vaisseaux, pour l'aider à exterminer le commerce des autres chrétiens. " Ma mission est faite, dit cet honnête eunuque ; je vais m'embarquer à Ceuta, et je vous ramènerai en Italie. *Ma che sciagura d'essere senza c... !* "

« Je le remerciai avec des larmes d'attendrissement ; et au lieu de me mener en Italie, il me conduisit à Alger, et me vendit au dey de cette province. À peine fus-je vendue que cette peste qui a fait le tour de l'Afrique, de l'Asie et de l'Europe, se déclara dans Alger avec fureur. Vous avez vu des tremblements de terre ; mais, mademoiselle, avez-vous jamais eu la peste ? – Jamais, répondit la baronne.

– Si vous l'aviez eue, reprit la vieille, vous avoueriez qu'elle est bien au-dessus d'un tremblement de terre. Elle est fort commune en Afrique ; j'en fus attaquée. Figurez-vous quelle situation pour la fille d'un pape, âgée de quinze ans, qui en trois mois de temps avait éprouvé la pauvreté, l'esclavage, avait été violée presque tous les jours, avait vu couper sa mère en quatre, avait essuyé la faim et la guerre, et mourait pestiférée dans Alger. Je n'en mourus pourtant pas ; mais mon eunuque et le dey, et presque tout le sérail d'Alger périrent.

« Quand les premiers ravages de cette épouvantable peste furent passés, on vendit les esclaves du dey. Un marchand m'acheta, et me mena à Tunis ; il me vendit à un autre marchand, qui me revendit à Tripoli ; de Tripoli je fus revendue à Alexandrie, d'Alexandrie revendue à Smyrne, de Smyrne à Constantinople. J'appartins enfin à un aga des janissaires, qui fut bientôt commandé pour aller défendre Azof contre les Russes, qui l'assiégeaient.

« L'aga, qui était un très galant homme, mena avec lui tout son sérail, et nous logea dans un petit fort sur les Palus-Méotides, gardé par deux eunuques noirs et vingt sol-

dats. On tua prodigieusement de Russes, mais ils nous le rendirent bien. Azof fut mis à feu et à sang, et on ne pardonna ni au sexe, ni à l'âge ; il ne resta que notre petit fort ; les ennemis voulurent nous prendre par famine. Les vingt janissaires avaient juré de ne se jamais rendre. Les extrémités de la faim où ils furent réduits les contraignirent à manger nos deux ennuques, de peur de violer leur serment. Au bout de quelques jours ils résolurent de manger les femmes.

« Nous avions un iman très pieux et très compatissant, qui leur fit un beau sermon par lequel il leur persuada de ne nous pas tuer tout à fait. "Coupez, dit-il, seulement une fesse à chacune de ces dames, vous ferez très bonne chère ; s'il faut y revenir, vous en aurez encore autant dans quelques jours ; le ciel vous saura gré d'une action si charitable, et vous serez secourus."

« Il avait beaucoup d'éloquence ; il les persuada. On nous fit cette horrible opération. L'iman nous appliqua le même baume qu'on met aux enfants qu'on vient de circoncire. Nous étions toutes à la mort.

« À peine les janissaires eurent-ils fait le repas que nous leur avions fourni, que les Russes arrivent sur des bateaux plats : il ne réchappa pas un janissaire. Les Russes ne firent aucune attention à l'état où nous étions. Il y a partout des chirurgiens français ; un d'eux, qui était fort adroit, prit soin de nous ; il nous guérit, et je me souviendrai toute ma vie que, quand mes plaies furent bien fermées, il me fit des propositions. Au reste, il nous dit à toutes de nous consoler ; il nous assura que dans plusieurs sièges pareille chose était arrivée, et que c'était la loi de la guerre.

« Dès que mes compagnes purent marcher, on les fit aller à Moscou. J'échus en partage à un boïard qui me fit sa jardinière, et qui me donnait vingt coups de fouet par jour ; mais ce seigneur ayant été roué au bout de deux ans avec une trentaine de boïards pour quelque tracasserie de cour, je profitai de cette aventure : je m'enfuis ; je traversai toute la Russie ; je fus longtemps servante de cabaret à Riga, puis à Rostock, à Vismar, à Leipsick, à Cassel, à Utrecht, à Leyde, à La Haye, à Rotterdam ; j'ai vieilli dans la misère et dans l'opprobre, n'ayant que la moitié d'un derrière, me souvenant toujours que j'étais fille d'un pape ; je voulus cent fois me tuer, mais j'aimais encore la vie. Cette faiblesse ridi-

cule est peut-être un de nos penchants les plus funestes : car y a-t-il rien de plus sot que de vouloir porter continuellement un fardeau qu'on veut toujours jeter par terre ? d'avoir son être en horreur, et de tenir à son être ? Enfin de caresser le serpent qui nous dévore, jusqu'à ce qu'il nous ait mangé le cœur ?

« J'ai vu dans les pays que le sort m'a fait parcourir, et dans les cabarets où j'ai servi, un nombre prodigieux de personnes qui avaient leur existence en exécration ; mais je n'en ai vu que douze qui aient mis volontairement fin à leur misère : trois nègres, quatre Anglais, quatre Genevois, et un professeur Allemand nommé Robeck. J'ai fini par être servante chez le juif don Issachar ; il me mit auprès de vous, ma belle demoiselle ; je me suis attachée à votre destinée, et j'ai été plus occupée de vos aventures que des miennes. Je ne vous aurais même jamais parlé de mes malheurs si vous ne m'aviez pas un peu piquée, et s'il n'était d'usage, dans un vaisseau, de conter des histoires pour se désennuyer. Enfin, mademoiselle, j'ai de l'expérience, je connais le monde ; donnez-vous un plaisir, engagez chaque passager à vous conter son histoire, et s'il s'en trouve un seul qui n'ait souvent maudit sa vie, qui ne se soit souvent dit à lui-même qu'il était le plus malheureux des hommes, jetez-moi dans la mer la tête la première. »

CHAPITRE TREIZIÈME

COMMENT CANDIDE FUT OBLIGÉ DE SE SÉPARER DE LA BELLE CUNÉGONDE ET DE LA VIEILLE

La belle Cunégonde, ayant entendu l'histoire de la vieille, lui fit toutes les politesses qu'on devait à une personne de son rang et de son mérite. Elle accepta la proposition ; elle engagea tous les passagers, l'un après l'autre, à lui conter leurs aventures. Candide et elle avouèrent que la vieille avait raison. « C'est bien dommage, disait Candide, que le sage Pangloss ait été pendu contre la coutume dans un auto-da-fé ; il nous dirait des choses admirables sur le mal physique et sur le mal moral qui couvrent la terre et la mer,

et je me sentirais assez de force pour oser lui faire respectueusement quelques objections. »

À mesure que chacun racontait son histoire, le vaisseau avançait. On aborda dans Buenos-Ayres. Cunégonde, le capitaine Candide et la vieille allèrent chez le gouverneur don Fernando d'Ibaraa, y Figueora, y Mascarenes, y Lampourdos, y Souza. Ce seigneur avait une fierté convenable à un homme qui portait tant de noms. Il parlait aux hommes avec le dédain le plus noble, portant le nez si haut, élevant si impitoyablement la voix, prenant un ton si imposant, affectant une démarche si altière, que tous ceux qui le saluaient étaient tentés de le battre. Il aimait les femmes à la fureur. Cunégonde lui parut ce qu'il avait jamais vu de plus beau. La première chose qu'il fit fut de demander si elle n'était point la femme du capitaine. L'air dont il fit cette question alarma Candide : il n'osa pas dire qu'elle était sa femme, parce qu'en effet elle ne l'était point ; il n'osait pas dire que c'était sa sœur, parce qu'elle ne l'était pas non plus ; et quoique ce mensonge officieux eût été autrefois très à la mode chez les anciens, et qu'il pût être utile aux modernes, son âme était trop pure pour trahir la vérité. « Mademoiselle Cunégonde, dit-il, doit me faire l'honneur de m'épouser et nous supplions Votre Excellence de daigner faire notre noce. »

Don Fernando d'Ibaraa, y Figueora, y Mascarenes, y Lampourdos, y Souza, relevant sa moustache, sourit amèrement, et ordonna au capitaine Candide d'aller faire la revue de sa compagnie. Candide obéit ; le gouverneur demeura avec mademoiselle Cunégonde. Il lui déclara sa passion, lui protesta que le lendemain il l'épouserait à la face de l'Église, ou autrement, ainsi qu'il plairait à ses charmes. Cunégonde lui demanda un quart d'heure pour se recueillir, pour consulter la vieille, et pour se déterminer.

La vieille dit à Cunégonde : « Mademoiselle, vous avez soixante et douze quartiers et pas une obole ; il ne tient qu'à vous d'être la femme du plus grand seigneur de l'Amérique méridionale, qui a une très belle moustache ; est-ce à vous de vous piquer d'une fidélité à toute épreuve ? Vous avez été violée par les Bulgares ; un juif et un inquisiteur ont eu vos bonnes grâces : les malheurs donnent des droits. J'avoue que, si j'étais à votre place, je ne ferais aucun scrupule

d'épouser monsieur le gouverneur, et de faire la fortune de monsieur le capitaine Candide. » Tandis que la vieille parlait avec toute la prudence que l'âge et l'expérience donnent, on vit entrer dans le port un petit vaisseau ; il portait un alcade et des alguazils, et voici ce qui était arrivé.

La vieille avait très bien deviné que ce fut un cordelier à la grande manche qui vola l'argent et les bijoux de Cunégonde dans la ville de Badajos, lorsqu'elle fuyait en hâte avec Candide. Ce moine voulut vendre quelques-unes des pierreries à un joaillier. Le marchand les reconnut pour celles du grand inquisiteur. Le cordelier, avant d'être pendu, avoua qu'il les avait volées : il indiqua les personnes, et la route qu'elles prenaient. La fuite de Cunégonde et de Candide était déjà connue. On les suivit à Cadix : on envoya sans perdre de temps un vaisseau à leur poursuite. Le vaisseau était déjà dans le port de Buenos-Ayres. Le bruit se répandit qu'un alcade allait débarquer, et qu'on poursuivait les meurtriers de monseigneur le grand inquisiteur. La prudente vieille vit dans l'instant tout ce qui était à faire. « Vous ne pouvez fuir, dit-elle à Cunégonde, et vous n'avez rien à craindre : ce n'est pas vous qui avez tué monseigneur, et d'ailleurs le gouverneur, qui vous aime, ne souffrira pas qu'on vous maltraite ; demeurez. » Elle court sur-le-champ à Candide : « Fuyez, dit-elle, ou dans une heure vous allez être brûlé. » Il n'y avait pas un moment à perdre ; mais comment se séparer de Cunégonde, et où se réfugier ?

CHAPITRE QUATORZIÈME

COMMENT CANDIDE ET CACAMBO FURENT REÇUS CHEZ LES JÉSUITES DU PARAGUAI

Candide avait amené de Cadix un valet tel qu'on en trouve beaucoup sur les côtes d'Espagne et dans les colonies. C'était un quart d'Espagnol, né d'un métis dans le Tucuman ; il avait été enfant de chœur, sacristain, matelot, moine, facteur, soldat, laquais. Il s'appelait Cacambo, et aimait fort son maître, parce que son maître était un fort bon homme. Il sella au plus vite les deux chevaux andalous.

« Allons, mon maître, suivons le conseil de la vieille ; partons, et courons sans regarder derrière nous. »

Candide versa des larmes : « Ô ma chère Cunégonde ! faut-il vous abandonner dans le temps que monsieur le gouverneur va faire nos noces ! Cunégonde amenée de si loin, que deviendrez-vous ? – Elle deviendra ce qu'elle pourra, dit Cacambo ; les femmes ne sont jamais embarrassées d'elles ; Dieu y pourvoit ; courons. – Où me mènes-tu ? où allons-nous ? que ferons-nous sans Cunégonde ? disait Candide. – Par St. Jacques de Compostelle, dit Cacambo, vous alliez faire la guerre aux jésuites ; allons la faire pour eux : je sais assez les chemins, je vous mènerai dans leur royaume, ils seront charmés d'avoir un capitaine qui fasse l'exercice à la bulgare ; vous ferez une fortune prodigieuse : quand on n'a pas son compte dans un monde, on le trouve dans un autre. C'est un très grand plaisir de voir et de faire des choses nouvelles.

– Tu as donc été déjà dans le Paraguai ? dit Candide. – Eh vraiment oui ! dit Cacambo ; j'ai été cuistre dans le collège de l'Assomption, et je connais le gouvernement de Los Padres comme je connais les rues de Cadix. C'est une chose admirable que ce gouvernement. Le royaume a déjà plus de trois cents lieues de diamètre ; il est divisé en trente provinces. Los Padres y ont tout, et les peuples rien ; c'est le chef-d'œuvre de la raison et de la justice. Pour moi, je ne vois rien de si divin que Los Padres, qui font ici la guerre au roi d'Espagne et au roi de Portugal, et qui en Europe confessent ces rois ; qui tuent ici des Espagnols, et qui à Madrid les envoient au ciel : cela me ravit ; avançons : vous allez être le plus heureux de tous les hommes. Quel plaisir auront Los Padres quand ils sauront qu'il leur vient un capitaine qui sait l'exercice bulgare ! »

Dès qu'ils furent arrivés à la première barrière, Cacambo dit à la garde avancée qu'un capitaine demandait à parler à monseigneur le commandant. On alla avertir la grande garde. Un officier paraguain courut aux pieds du commandant lui donner part de la nouvelle. Candide et Cacambo furent d'abord désarmés ; on se saisit de leurs deux chevaux andalous. Les deux étrangers sont introduits au milieu de deux files de soldats ; le commandant était au bout, le bonnet à trois cornes en tête, la robe retroussée, l'épée au côté,

l'esponton à la main. Il fit un signe ; aussitôt vingt-quatre soldats entourent les deux nouveaux venus. Un sergent leur dit qu'il faut attendre, que le commandant ne peut leur parler, que le révérend père provincial ne permet pas qu'aucun Espagnol ouvre la bouche qu'en sa présence, et demeure plus de trois heures dans le pays. « Et où est le révérend père provincial ? dit Cacambo. – Il est à la parade après avoir dit sa messe, répondit le sergent, et vous ne pourrez baiser ses éperons que dans trois heures. – Mais, dit Cacambo, monsieur le capitaine, qui meurt de faim comme moi, n'est point Espagnol, il est Allemand ; ne pourrions-nous point déjeuner en attendant Sa Révérence ? »

Le sergent alla sur-le-champ rendre compte de ce discours au commandant. « Dieu soit béni ! dit ce seigneur, puisqu'il est Allemand, je peux lui parler ; qu'on le mène dans ma feuillée. » Aussitôt on conduit Candide dans un cabinet de verdure, orné d'une très jolie colonnade de marbre vert et or, et de treillages qui renfermaient des perroquets, des colibris, des oiseaux-mouches, des pintades, et tous les oiseaux les plus rares. Un excellent déjeuner était préparé dans des vases d'or ; et tandis que les Paraguains mangèrent du maïs dans des écuelles de bois, en plein champ, à l'ardeur du soleil, le révérend père commandant entra dans la feuillée.

C'était un très beau jeune homme, le visage plein, assez blanc, haut en couleur, le sourcil relevé, l'œil vif, l'oreille rouge, les lèvres vermeilles, l'air fier, mais d'une fierté qui n'était ni celle d'un Espagnol ni celle d'un jésuite. On rendit à Candide et à Cacambo leurs armes, qu'on leur avait saisies, ainsi que les deux chevaux andalous ; Cacambo leur fit manger l'avoine auprès de la feuillée, ayant toujours l'œil sur eux, crainte de surprise.

Candide baisa d'abord le bas de la robe du commandant, ensuite ils se mirent à table. « Vous êtes donc Allemand ? lui dit le jésuite en cette langue. – Oui, mon révérend père », dit Candide. L'un et l'autre, en prononçant ces paroles, se regardaient avec une extrême surprise, et une émotion dont ils n'étaient pas les maîtres. « Et de quel pays d'Allemagne êtes-vous ? dit le jésuite. – De la sale province de Vestphalie, dit Candide ; je suis né dans le château de Thunder-ten-tronckh. – Ô ciel ! est-il possible ! s'écria le commandant.

– Quel miracle ! s'écria Candide. – Serait-ce vous ? dit le commandant. – Cela n'est pas possible », dit Candide. Ils se laissent tomber tous deux à la renverse, ils s'embrassent, ils versent des ruisseaux de larmes. « Quoi ! serait-ce vous, mon révérend père ? vous, le frère de la belle Cunégonde ! vous, qui fûtes tué par les Bulgares ! vous, le fils de monsieur le baron ! vous, jésuite au Paraguai ! Il faut avouer que ce monde est une étrange chose. Ô Pangloss ! Pangloss ! que vous seriez aise si vous n'aviez pas été pendu ! »

Le commandant fit retirer les esclaves nègres et les Paraguains qui servaient à boire dans des gobelets de cristal de roche. Il remercia Dieu et St. Ignace mille fois ; il serrait Candide entre ses bras, leurs visages étaient baignés de pleurs. « Vous seriez bien plus étonné, plus attendri, plus hors de vous-même, dit Candide, si je vous disais que mademoiselle Cunégonde, votre sœur, que vous avez crue éventrée, est pleine de santé. – Où ? – Dans votre voisinage, chez monsieur le gouverneur de Buenos-Ayres ; et je venais pour vous faire la guerre. » Chaque mot qu'ils prononcèrent dans cette longue conversation accumulait prodige sur prodige. Leur âme tout entière volait sur leur langue, était attentive dans leurs oreilles, et étincelante dans leurs yeux. Comme ils étaient Allemands, ils tinrent table longtemps, en attendant le révérend père provincial ; et le commandant parla ainsi à son cher Candide.

CHAPITRE QUINZIÈME

COMMENT CANDIDE TUA LE FRÈRE DE SA CHÈRE CUNÉGONDE

« J'aurai toute ma vie présent à la mémoire le jour horrible où je vis tuer mon père et ma mère, et violer ma sœur. Quand les Bulgares furent retirés, on ne trouva point cette sœur adorable, et on mit dans une charrette ma mère, mon père, et moi, deux servantes et trois petits garçons égorgés, pour nous aller enterrer dans une chapelle de jésuites, à deux lieues du château de mes pères. Un jésuite nous jeta de l'eau bénite ; elle était horriblement salée ; il en entra quelques gouttes dans mes yeux : le père s'aperçut que ma

paupière faisait un petit mouvement : il mit la main sur mon cœur, et le sentit palpiter ; je fus secouru, et au bout de trois semaines il n'y paraissait pas. Vous savez, mon cher Candide, que j'étais fort joli ; je le devins encore davantage ; aussi le révérend père Croust, supérieur de la maison, prit pour moi la plus tendre amitié : il me donna l'habit de novice ; quelque temps après je fus envoyé à Rome. Le père général avait besoin d'une recrue de jeunes jésuites alle-mands. Les souverains du Paraguai reçoivent le moins qu'ils peuvent de jésuites espagnols ; ils aiment mieux les étrangers, dont ils se croient plus maîtres. Je fus jugé propre par le révérend père général pour aller travailler dans cette vigne. Nous partîmes, un Polonais, un Tyrolien, et moi. Je fus honoré, en arrivant, du sous-diaconat et d'une lieutenance ; je suis aujourd'hui colonel et prêtre. Nous recevons vigoureusement les troupes du roi d'Espagne ; je vous réponds qu'elles seront excommuniées et battues. La Providence vous envoie ici pour nous seconder. Mais est-il bien vrai que ma chère sœur Cunégonde soit dans le voisi-nage, chez le gouverneur de Buenos-Ayres ? » Candide l'assura par serment que rien n'était plus vrai. Leurs larmes recommencèrent à couler.

Le baron ne pouvait se lasser d'embrasser Candide ; il l'appelait son frère, son sauveur. « Ah ! peut-être, lui dit-il, nous pourrons ensemble, mon cher Candide, entrer en vainqueurs dans la ville, et reprendre ma sœur Cunégonde. – C'est tout ce que je souhaite, dit Candide ; car je comptais l'épouser, et je l'espère encore. – Vous, insolent ! répondit le baron, vous auriez l'impudence d'épouser ma sœur, qui a soixante et douze quartiers ! Je vous trouve bien effronté d'oser me parler d'un dessein si téméraire ! » Candide, pétri-fié d'un tel discours, lui répondit : « Mon révérend père, tous les quartiers du monde n'y font rien ; j'ai tiré votre sœur des bras d'un juif et d'un inquisiteur ; elle m'a assez d'obliga-tions, elle veut m'épouser. Maître Pangloss m'a toujours dit que les hommes sont égaux ; et assurément je l'épouserai. – C'est ce que nous verrons, coquin ! » dit le jésuite baron de Thunder-ten-tronckh ; et en même temps il lui donna un grand coup du plat de son épée sur le visage. Candide dans l'instant tire la sienne, et l'enfonce jusqu'à la garde dans le ventre du baron jésuite ; mais en la retirant toute fumante,

il se mit à pleurer : « Hélas ! mon Dieu, dit-il, j'ai tué mon ancien maître, mon ami, mon beau-frère ; je suis le meilleur homme du monde, et voilà déjà trois hommes que je tue ; et dans ces trois il y a deux prêtres. »

Cacambo, qui faisait sentinelle à la porte de la feuillée, accourut. « Il ne nous reste qu'à vendre cher notre vie, lui dit son maître ; on va, sans doute, entrer dans la feuillée ; il faut mourir les armes à la main. » Cacambo, qui en avait bien vu d'autres, ne perdit point la tête ; il prit la robe de jésuite que portait le baron, la mit sur le corps de Candide, lui donna le bonnet carré du mort, et le fit monter à cheval. Tout cela se fit en un clin d'œil. « Galopons, mon maître ; tout le monde vous prendra pour un jésuite qui va donner des ordres ; et nous aurons passé les frontières avant qu'on puisse courir après nous. » Il volait déjà en prononçant ces paroles, et en criant en espagnol : « Place, place pour le révérend père colonel ! »

CHAPITRE SEIZIÈME

CE QUI ADVINT AUX DEUX VOYAGEURS AVEC DEUX FILLES, DEUX SINGES, ET LES SAUVAGES NOMMÉS OREILLONS

Candide et son valet furent au-delà des barrières, et personne ne savait encore dans le camp la mort du jésuite allemand. Le vigilant Cacambo avait eu soin de remplir sa valise de pain, de chocolat, de jambon, de fruits et de quelques mesures de vin. Ils s'enfoncèrent avec leurs chevaux andalous dans un pays inconnu où ils ne découvrirent aucune route. Enfin une belle prairie entrecoupée de ruisseaux se présenta devant eux. Nos deux voyageurs font repaître leurs montures. Cacambo propose à son maître de manger, et lui en donne l'exemple. « Comment veux-tu, disait Candide, que je mange du jambon, quand j'ai tué le fils de monsieur le baron, et que je me vois condamné à ne revoir la belle Cunégonde de ma vie ? À quoi me servira de prolonger mes misérables jours, puisque je dois les traîner loin d'elle dans les remords et dans le désespoir ? Et que dira le journal de Trévoux ? »

En parlant ainsi, il ne laissa pas de manger. Le soleil se couchait. Les deux égarés entendirent quelques petits cris qui paraissaient poussés par des femmes. Ils ne savaient si ces cris étaient de douleur ou de joie ; mais ils se levèrent précipitamment avec cette inquiétude et cette alarme que tout inspire dans un pays inconnu. Ces clameurs partaient de deux filles toutes nues qui couraient légèrement au bord de la prairie, tandis que deux singes les suivaient en leur mordant les fesses. Candide fut touché de pitié ; il avait appris à tirer chez les Bulgares, et il aurait abattu une noisette dans un buisson sans toucher aux feuilles. Il prend son fusil espagnol à deux coups, tire, et tue les deux singes. « Dieu soit loué, mon cher Cacambo ! j'ai délivré d'un grand péril ces deux pauvres créatures : si j'ai commis un péché en tuant un inquisiteur et un jésuite, je l'ai bien réparé en sauvant la vie à deux filles. Ce sont peut-être deux demoiselles de condition, et cette aventure nous peut procurer de très grands avantages dans le pays. »

Il allait continuer, mais sa langue devint percluse quand il vit ces deux filles embrasser tendrement les deux singes, fondre en larmes sur leurs corps, et remplir l'air des cris les plus douloureux. « Je ne m'attendais pas à tant de bonté d'âme », dit-il enfin à Cacambo ; lequel lui répliqua : « Vous avez fait là un beau chef-d'œuvre, mon maître ; vous avez tué les deux amants de ces demoiselles. – Leurs amants ! serait-il possible ? Vous vous moquez de moi, Cacambo ; le moyen de vous croire ? – Mon cher maître, repartit Cacambo, vous êtes toujours étonné de tout ; pourquoi trouvez-vous si étrange que dans quelques pays il y ait des singes qui obtiennent les bonnes grâces des dames ? Ils sont des quarts d'homme, comme je suis un quart d'Espagnol. – Hélas ! reprit Candide, je me souviens d'avoir entendu dire à maître Pangloss qu'autrefois pareils accidents étaient arrivés, et que ces mélanges avaient produit des égypans, des faunes, des satyres ; que plusieurs grands personnages de l'antiquité en avaient vu ; mais je prenais cela pour des fables. – Vous devez être convaincu à présent, dit Cacambo, que c'est une vérité, et vous voyez comment en usent les personnes qui n'ont pas reçu une certaine éducation ; tout ce que je crains, c'est que ces dames ne nous fassent quelque méchante affaire. »

Ces réflexions solides engagèrent Candide à quitter la prairie, et à s'enfoncer dans un bois. Il y soupa avec Cacambo ; et tous deux, après avoir maudit l'inquisiteur de Portugal, le gouverneur de Buenos-Ayres, et le baron, s'endormirent sur de la mousse. À leur réveil, ils sentirent qu'ils ne pouvaient remuer ; la raison en était que pendant la nuit les Oreillons, habitants du pays, à qui les deux dames les avaient dénoncés, les avaient garrottés avec des cordes d'écorces d'arbre. Ils étaient entourés d'une cinquantaine d'Oreillons tout nus, armés de flèches, de massues, et de haches de caillou : les uns faisaient bouillir une grande chaudière ; les autres préparaient des broches, et tous criaient : « C'est un jésuite, c'est un jésuite ! nous serons vengés, et nous ferons bonne chère ; mangeons du jésuite, mangeons du jésuite ! »

« Je vous l'avais bien dit, mon cher maître, s'écria tristement Cacambo, que ces deux filles nous joueraient d'un mauvais tour. » Candide, apercevant la chaudière et les broches, s'écria : « Nous allons certainement être rôtis ou bouillis. Ah ! que dirait maître Pangloss, s'il voyait comme la pure nature est faite ? Tout est bien ; soit, mais j'avoue qu'il est bien cruel d'avoir perdu mademoiselle Cunégonde et d'être mis à la broche par des Oreillons. » Cacambo ne perdait jamais la tête. « Ne désespérez de rien, dit-il au désolé Candide ; j'entends un peu le jargon de ces peuples, je vais leur parler. – Ne manquez pas, dit Candide, de leur représenter quelle est l'inhumanité affreuse de faire cuire des hommes, et combien cela est peu chrétien. »

« Messieurs, dit Cacambo, vous comptez donc manger aujourd'hui un jésuite ? C'est très bien fait ; rien n'est plus juste que de traiter ainsi ses ennemis. En effet le droit naturel nous enseigne à tuer notre prochain, et c'est ainsi qu'on en agit dans toute la terre. Si nous n'usons pas du droit de le manger, c'est que nous avons d'ailleurs de quoi faire bonne chère ; mais vous n'avez pas les mêmes ressources que nous : certainement il vaut mieux manger ses ennemis que d'abandonner aux corbeaux et aux corneilles le fruit de sa victoire. Mais, messieurs, vous ne voudriez pas manger vos amis. Vous croyez aller mettre un jésuite en broche, et c'est votre défenseur, c'est l'ennemi de vos ennemis que vous allez rôtir. Pour moi, je suis né dans votre pays ; mon-

sieur que vous voyez est mon maître, et bien loin d'être jésuite, il vient de tuer un jésuite, il en porte les dépouilles ; voilà le sujet de votre méprise. Pour vérifier ce que je vous dis, prenez sa robe, portez-la à la première barrière du royaume de Los Padres ; informez-vous si mon maître n'a pas tué un officier jésuite. Il vous faudra peu de temps ; vous pourrez toujours nous manger, si vous trouvez que je vous ai menti. Mais, si je vous ai dit la vérité, vous connaissez trop les principes du droit public, les mœurs et les lois, pour ne nous pas faire grâce. »

Les Oreillons trouvèrent ce discours très raisonnable ; ils députèrent deux notables pour aller en diligence s'informer de la vérité ; les deux députés s'acquittèrent de leur commission en gens d'esprit, et revinrent bientôt apporter de bonnes nouvelles. Les Oreillons délièrent leurs deux prisonniers, leur firent toutes sortes de civilités, leur offrirent des filles, leur donnèrent des rafraîchissements, et les reconduisirent jusqu'aux confins de leurs États, en criant avec allégresse : « Il n'est point jésuite, il n'est point jésuite ! »

Candide ne se lassait point d'admirer le sujet de sa délivrance. « Quel peuple ! disait-il, quels hommes ! quelles mœurs ! si je n'avais pas eu le bonheur de donner un grand coup d'épée au travers du corps du frère de mademoiselle Cunégonde, j'étais mangé sans rémission. Mais, après tout, la pure nature est bonne, puisque ces gens-ci, au lieu de me manger, m'ont fait mille honnêtetés dès qu'ils ont su que je n'étais pas jésuite. »

CHAPITRE DIX- SEPTIÈME

ARRIVÉE DE CANDIDE ET DE SON VALET
AU PAYS D'ELDORADO, ET CE QU'ILS Y VIRENT

Quand ils furent aux frontières des Oreillons : « Vous voyez, dit Cacambo à Candide, que cet hémisphère-ci ne vaut pas mieux que l'autre ; croyez-moi, retournons en Europe par le plus court. – Comment y retourner, dit Candide ; et où aller ? Si je vais dans mon pays, les Bulgares et les Abares y égorgent tout ; si je retourne en Portugal, j'y suis brûlé ; si nous restons dans ce pays-ci, nous risquons à

tout moment d'être mis en broche. Mais comment se résoudre à quitter la partie du monde que mademoiselle Cunégonde habite ?

– Tournons vers la Cayenne, dit Cacambo, nous y trouverons des Français, qui vont par tout le monde ; ils pourront nous aider. Dieu aura peut-être pitié de nous. »

Il n'était pas facile d'aller à la Cayenne ; ils savaient bien à peu près de quel côté il fallait marcher ; mais des montagnes, des fleuves, des précipices, des brigands, des sauvages, étaient partout de terribles obstacles. Leurs chevaux moururent de fatigue ; leurs provisions furent consumées ; ils se nourrirent un mois entier de fruits sauvages, et se trouvèrent enfin auprès d'une petite rivière bordée de cocotiers, qui soutinrent leur vie et leurs espérances.

Cacambo, qui donnait toujours d'aussi bons conseils que la vieille, dit à Candide : « Nous n'en pouvons plus, nous avons assez marché ; j'aperçois un canot vide sur le rivage, emplissons-le de cocos, jetons-nous dans cette petite barque, laissons-nous aller au courant ; une rivière mène toujours à quelque endroit habité. Si nous ne trouvons pas des choses agréables, nous trouverons du moins des choses nouvelles. – Allons, dit Candide, recommandons-nous à la Providence. »

Ils voguèrent quelques lieues entre des bords tantôt fleuris, tantôt arides, tantôt unis, tantôt escarpés. La rivière s'élargissait toujours ; enfin elle se perdait sous une voûte de rochers épouvantables qui s'élevaient jusqu'au ciel. Les deux voyageurs eurent la hardiesse de s'abandonner aux flots sous cette voûte. Le fleuve, resserré en cet endroit, les porta avec une rapidité et un bruit horrible. Au bout de vingt-quatre heures ils revirent le jour ; mais leur canot se fracassa contre les écueils ; il fallut se traîner de rocher en rocher pendant une lieue entière ; enfin ils découvrirent un horizon immense, bordé de montagnes inaccessibles. Le pays était cultivé pour le plaisir comme pour le besoin ; partout l'utile était agréable. Les chemins étaient couverts ou plutôt ornés de voitures d'une forme et d'une matière brillante, portant des hommes et des femmes d'une beauté singulière, traînés rapidement par de gros moutons rouges qui surpassaient en vitesse les plus beaux chevaux d'Andalousie, de Tétuan et de Méquinez.

« Voilà pourtant, dit Candide, un pays qui vaut mieux que la Vestphalie. » Il mit pied à terre avec Cacambo auprès du premier village qu'il rencontra. Quelques enfants du village, couverts de brocarts d'or tout déchirés, jouaient au palet à l'entrée du bourg ; nos deux hommes de l'autre monde s'amusèrent à les regarder : leurs palets étaient d'assez larges pièces rondes, jaunes, rouges, vertes, qui jetaient un éclat singulier. Il prit envie aux voyageurs d'en ramasser quelques-uns ; c'était de l'or, c'était des émeraudes, des rubis, dont le moindre aurait été le plus grand ornement du trône du Mogol. « Sans doute, dit Cacambo, ces enfants sont les fils du roi du pays, qui jouent au petit palet. » Le magister du village parut dans ce moment pour les faire rentrer à l'école. « Voilà, dit Candide, le précepteur de la famille royale. »

Les petits gueux quittèrent aussitôt le jeu, en laissant à terre leurs palets, et tout ce qui avait servi à leurs divertissements. Candide les ramasse, court au précepteur, et les lui présente humblement, lui faisant entendre par signes que leurs altesses royales avaient oublié leur or et leurs pierreries. Le magister du village, en souriant, les jeta par terre, regarda un moment la figure de Candide avec beaucoup de surprise, et continua son chemin.

Les voyageurs ne manquèrent pas de ramasser l'or, les rubis, et les émeraudes. « Où sommes-nous ? s'écria Candide. Il faut que les enfants des rois de ce pays soient bien élevés, puisqu'on leur apprend à mépriser l'or et les pierreries. » Cacambo était aussi surpris que Candide. Ils approchèrent enfin de la première maison du village ; elle était bâtie comme un palais d'Europe. Une foule de monde s'empressait à la porte, et encore plus dans le logis ; une musique très agréable se faisait entendre, et une odeur délicieuse de cuisine se faisait sentir. Cacambo s'approcha de la porte, et entendit qu'on parlait péruvien ; c'était sa langue maternelle ; car tout le monde sait que Cacambo était né au Tucuman, dans un village où l'on ne connaissait que cette langue. « Je vous servirai d'interprète, dit-il à Candide ; entrons, c'est ici un cabaret. »

Aussitôt deux garçons et deux filles de l'hôtellerie, vêtus de drap d'or, et les cheveux renoués avec des rubans, les invitent à se mettre à la table de l'hôte. On servit quatre

potages garnis chacun de deux perroquets, un contour bouilli qui pesait deux cents livres, deux singes rôtis d'un goût excellent, trois cents colibris dans un plat, et six cents oiseaux-mouches dans un autre ; des ragoûts exquis, des pâtisseries délicieuses ; le tout dans des plats d'une espèce de cristal de roche. Les garçons et les filles de l'hôtellerie versaient plusieurs liqueurs faites de canne de sucre.

Les convives étaient pour la plupart des marchands et des voituriers, tous d'une politesse extrême, qui firent quelques questions à Cacambo avec la discrétion la plus circonspecte, et qui répondirent aux siennes d'une manière à le satisfaire.

Quand le repas fut fini, Cacambo crut, ainsi que Candide, bien payer son écot en jetant sur la table de l'hôte deux de ces larges pièces d'or qu'il avait ramassées ; l'hôte et l'hôtesse éclatèrent de rire, et se tinrent longtemps les côtés. Enfin ils se remirent. « Messieurs, dit l'hôte, nous voyons bien que vous êtes des étrangers ; nous ne sommes pas accoutumés à en voir. Pardonnez-nous si nous nous sommes mis à rire quand vous nous avez offert en paye-ment les cailloux de nos grands chemins. Vous n'avez pas sans doute de la monnaie du pays, mais il n'est pas néces-saire d'en avoir pour dîner ici. Toutes les hôtelleries établies pour la commodité du commerce sont payées par le gou-vernement. Vous avez fait mauvaise chère ici, parce que c'est un pauvre village ; mais partout ailleurs vous serez reçus comme vous méritez de l'être. » Cacambo expliquait à Candide tous les discours de l'hôte, et Candide les écoutait avec la même admiration et le même égarement que son ami Cacambo les rendait. « Quel est donc ce pays, disaient-ils l'un et l'autre, inconnu à tout le reste de la terre, et où toute la nature est d'une espèce si différente de la nôtre ? C'est probablement le pays où tout va bien : car il faut absolument qu'il y en ait un de cette espèce. Et, quoi qu'en dît maître Pangloss, je me suis souvent aperçu que tout allait mal en Vestphalie. »

CHAPITRE DIX-HUITIÈME

(Dimension carnavalesque)

CE QU'ILS VIRENT DANS LE PAYS D'ELDORADO

Cacambo témoigna à son hôte toute sa curiosité ; l'hôte lui dit : « Je suis fort ignorant, et je m'en trouve bien ; mais nous avons ici un vieillard retiré de la cour qui est le plus savant homme du royaume, et le plus communicatif. » Aussitôt il mène Cacambo chez le vieillard. Candide ne jouait plus que le second personnage, et accompagnait son valet. _(inversion des rôles)_ Ils entrèrent dans une maison fort simple, car la porte n'était que d'argent, et les lambris des appartements n'étaient que d'or, mais travaillés avec tant de goût que les plus riches lambris ne l'effaçaient pas. L'antichambre n'était à la vérité incrustée que de rubis et d'émeraudes ; mais l'ordre dans lequel tout était arrangé réparait bien cette extrême simplicité.

Le vieillard reçut les deux étrangers sur un sofa matelassé de plumes de colibri, et leur fit présenter des liqueurs dans des vases de diamants ; après quoi il satisfit à leur curiosité en ces termes :

« Je suis âgé de cent soixante et douze ans, et j'ai appris de feu mon père, écuyer du roi, les étonnantes révolutions du Pérou dont il avait été témoin. Le royaume où nous sommes est l'ancienne patrie des Incas, qui en sortirent très imprudemment pour aller subjuguer une partie du monde et qui furent enfin détruits par les Espagnols. Les princes de leur famille qui restèrent dans leur pays natal furent plus sages ; ils ordonnèrent, du consentement de la nation, qu'aucun habitant ne sortirait jamais de notre petit royaume ; et c'est ce qui nous a conservé notre innocence et notre félicité. Les Espagnols ont eu une connaissance confuse de ce pays, ils l'ont appelé _El Dorado_ ; et un Anglais, nommé le chevalier Raleigh, en a même approché il y a environ cent années ; mais, comme nous sommes entourés de rochers inabordables et de précipices, nous avons toujours été jusqu'à présent à l'abri de la rapacité des nations de l'Europe, qui ont une fureur inconcevable pour les cailloux et pour la fange de notre terre, et qui, pour en avoir, nous tueraient tous jusqu'au dernier. »

La conversation fut longue ; elle roula sur la forme du gouvernement, sur les mœurs, sur les femmes, sur les spectacles publics, sur les arts. Enfin Candide, qui avait toujours du goût pour la métaphysique, fit demander par Cacambo si dans le pays il y avait une religion.

Le vieillard rougit un peu. « Comment donc, dit-il, en pouvez-vous douter ? Est-ce que vous nous prenez pour des ingrats ? » Cacambo demanda humblement quelle était la religion d'Eldorado. Le vieillard rougit encore : « Est-ce qu'il peut y avoir deux religions ? dit-il. Nous avons, je crois, la religion de tout le monde ; nous adorons Dieu du soir jusqu'au matin. – N'adorez-vous qu'un seul Dieu ? dit Cacambo, qui servait toujours d'interprète aux doutes de Candide. – Apparemment, dit le vieillard, qu'il n'y en a ni deux, ni trois, ni quatre. Je vous avoue que les gens de votre monde font des questions bien singulières. » Candide ne se lassait pas de faire interroger ce bon vieillard ; il voulut savoir comment on priait Dieu dans l'Eldorado. « Nous ne le prions point, dit le bon et respectable sage ; nous n'avons rien à lui demander, il nous a donné tout ce qu'il nous faut ; nous le remercions sans cesse. » Candide eut la curiosité de voir des prêtres ; il fit demander où ils étaient. Le bon vieillard sourit. « Mes amis, dit-il, nous sommes tous prêtres ; le roi et tous les chefs de famille chantent des cantiques d'actions de grâces solennellement tous les matins, et cinq ou six mille musiciens les accompagnent. – Quoi ! Vous n'avez point de moines qui enseignent, qui disputent, qui gouvernent, qui cabalent, et qui font brûler les gens qui ne sont pas de leur avis ? – Il faudrait que nous fussions fous, dit le vieillard ; nous sommes tous ici du même avis, et nous n'entendons pas ce que vous voulez dire avec vos moines. » Candide à tous ces discours demeurait en extase, et disait en lui-même : « Ceci est bien différent de la Vestphalie et du château de monsieur le baron : si notre ami Pangloss avait vu Eldorado, il n'aurait plus dit que le château de Thunder-ten-tronckh était ce qu'il y avait de mieux sur la terre ; il est certain qu'il faut voyager. »

Après cette longue conversation, le bon vieillard fit atteler un carrosse à six moutons, et donna douze de ses domestiques aux deux voyageurs pour les conduire à la cour. « Excusez-moi, leur dit-il, si mon âge me prive de l'honneur

de vous accompagner. Le roi vous recevra d'une manière dont vous ne serez pas mécontents, et vous pardonnerez sans doute aux usages du pays, s'il y en a quelques-uns qui vous déplaisent. »

Candide et Cacambo montent en carrosse ; les six moutons volaient, et en moins de quatre heures on arriva au palais du roi, situé à un bout de la capitale. Le portail était de deux cent vingt pieds de haut, et de cent de large ; il est impossible d'exprimer quelle en était la matière. On voit assez quelle supériorité prodigieuse elle devait avoir sur ces cailloux et sur ce sable que nous nommons or et pierreries.

Vingt belles filles de la garde reçurent Candide et Cacambo à la descente du carrosse, les conduisirent aux bains, les vêtirent de robes d'un tissu de duvet de colibri ; après quoi les grands officiers et les grandes officières de la couronne les menèrent à l'appartement de Sa Majesté au milieu de deux files, chacune de mille musiciens, selon l'usage ordinaire. Quand ils approchèrent de la salle du trône, Cacambo demanda à un grand officier comment il fallait s'y prendre pour saluer Sa Majesté : si on se jetait à genoux ou ventre à terre ; si on mettait les mains sur la tête ou sur le derrière ; si on léchait la poussière de la salle ; en un mot, quelle était la cérémonie. « L'usage, dit le grand officier, est d'embrasser le roi et de le baiser des deux côtés. » Candide et Cacambo sautèrent au cou de Sa Majesté, qui les reçut avec toute la grâce imaginable, et qui les pria poliment à souper.

En attendant, on leur fit voir la ville, les édifices publics élevés jusqu'aux nues, les marchés ornés de mille colonnes, les fontaines d'eau pure, les fontaines d'eau rose, celles de liqueurs de canne de sucre qui coulaient continuellement dans de grandes places pavées d'une espèce de pierreries qui répandaient une odeur semblable à celle du gérofle et de la cannelle. Candide demanda à voir la cour de justice, le parlement ; on lui dit qu'il n'y en avait point, et qu'on ne plaidait jamais. Il s'informa s'il y avait des prisons, et on lui dit que non. Ce qui le surprit davantage, et qui lui fit le plus de plaisir, ce fut le palais des sciences, dans lequel il vit une galerie de deux mille pas, toute pleine d'instruments de mathématique et de physique.

Après avoir parcouru toute l'après-dînée à peu près la millième partie de la ville, on les ramena chez le roi. Candide se mit à table entre Sa Majesté, son valet Cacambo, et plusieurs dames. Jamais on ne fit meilleure chère, et jamais on n'eut plus d'esprit à souper qu'en eut Sa Majesté. Cacambo expliquait les bons mots du roi à Candide, et quoique traduits, ils paraissaient toujours des bons mots. De tout ce qui étonnait Candide, ce n'était pas ce qui l'étonna le moins.

Ils passèrent un mois dans cet hospice. Candide ne cessait de dire à Cacambo : « Il est vrai, mon ami, encore une fois, que le château où je suis né ne vaut pas le pays où nous sommes ; mais enfin mademoiselle Cunégonde n'y est pas, et vous avez sans doute quelque maîtresse en Europe. Si nous restons ici, nous n'y serons que comme les autres ; au lieu que si nous retournons dans notre monde, seulement avec douze moutons chargés de cailloux d'Eldorado, nous serons plus riches que tous les rois ensemble, nous n'aurons plus d'inquisiteurs à craindre, et nous pourrons aisément reprendre mademoiselle Cunégonde. »

Ce discours plut à Cacambo ; on aime tant à courir, à se faire valoir chez les siens, à faire parade de ce qu'on a vu dans ses voyages, que les deux heureux résolurent de ne plus l'être, et de demander leur congé à Sa Majesté.

« Vous faites une sottise, leur dit le roi ; je sais bien que mon pays est peu de chose ; mais, quand on est passablement quelque part, il faut y rester. Je n'ai pas assurément le droit de retenir des étrangers ; c'est une tyrannie qui n'est ni dans nos mœurs ni dans nos lois : tous les hommes sont libres ; partez quand vous voudrez, mais la sortie est bien difficile. Il est impossible de remonter la rivière rapide sur laquelle vous êtes arrivés par miracle, et qui court sous des voûtes de rochers. Les montagnes qui entourent tout mon royaume ont dix mille pieds de hauteur, et sont droites comme des murailles : elles occupent chacune en largeur un espace de plus de dix lieues ; on ne peut en descendre que par des précipices. Cependant, puisque vous voulez absolument partir, je vais donner ordre aux intendants des machines d'en faire une qui puisse vous transporter commodément. Quand on vous aura conduits au revers des montagnes, personne ne pourra vous accompagner : car

mes sujets ont fait vœu de ne jamais sortir de leur enceinte, et ils sont trop sages pour rompre leur vœu. Demandez-moi d'ailleurs tout ce qu'il vous plaira. – Nous ne demandons à Votre Majesté, dit Cacambo, que quelques moutons chargés de vivres, de cailloux, et de la boue du pays. » Le roi rit : « Je ne conçois pas, dit-il, quel goût vos gens d'Europe ont pour notre boue jaune ; mais emportez-en tant que vous voudrez, et grand bien vous fasse. »

Il donna l'ordre sur-le-champ à ses ingénieurs de faire une machine pour guinder ces deux hommes extraordinaires hors du royaume. Trois mille bons physiciens y travaillèrent ; elle fut prête au bout de quinze jours, et ne coûta pas plus de vingt millions de livres sterling, monnaie du pays. On mit sur la machine Candide et Cacambo ; il y avait deux grands moutons rouges sellés et bridés pour leur servir de monture quand ils auraient franchi les montagnes, vingt moutons de bât chargés de vivres, trente qui portaient des présents de ce que le pays a de plus curieux, et cinquante chargés d'or, de pierreries et de diamants. Le roi embrassa tendrement les deux vagabonds.

Ce fut un beau spectacle que leur départ, et la manière ingénieuse dont ils furent hissés, eux et leurs moutons, au haut des montagnes. Les physiciens prirent congé d'eux après les avoir mis en sûreté, et Candide n'eut plus d'autre désir et d'autre objet que d'aller présenter ses moutons à mademoiselle Cunégonde. « Nous avons, dit-il, de quoi payer le gouverneur de Buenos-Ayres, si mademoiselle Cunégonde peut être mise à prix. Marchons vers la Cayenne, embarquons-nous, et nous verrons ensuite quel royaume nous pourrons acheter. »

CHAPITRE DIX-NEUVIÈME

CE QUI LEUR ARRIVA À SURINAM,
ET COMMENT CANDIDE FIT CONNAISSANCE
AVEC MARTIN

La première journée de nos deux voyageurs fut assez agréable. Ils étaient encouragés par l'idée de se voir possesseurs de plus de trésors que l'Asie, l'Europe et l'Afrique n'en pouvaient rassembler. Candide, transporté, écrivit le nom

de Cunégonde sur les arbres. À la seconde journée, deux de leurs moutons s'enfoncèrent dans des marais, et y furent abîmés avec leurs charges ; deux autres moutons moururent de fatigue quelques jours après ; sept ou huit périrent ensuite de faim dans un désert ; d'autres tombèrent au bout de quelques jours dans des précipices. Enfin, après cent jours de marche, il ne leur resta que deux moutons. Candide dit à Cacambo : « Mon ami, vous voyez comme les richesses de ce monde sont périssables ; il n'y a rien de solide que la vertu et le bonheur de revoir mademoiselle Cunégonde. – Je l'avoue, dit Cacambo ; mais il nous reste encore deux moutons avec plus de trésors que n'en aura jamais le roi d'Espagne ; et je vois de loin une ville que je soupçonne être Surinam, appartenante aux Hollandais. Nous sommes au bout de nos peines et au commencement de notre félicité. »

En approchant de la ville, ils rencontrèrent un nègre étendu par terre, n'ayant plus que la moitié de son habit, c'est-à-dire d'un caleçon de toile bleue ; il manquait à ce pauvre homme la jambe gauche et la main droite. « Eh ! mon Dieu ! lui dit Candide en hollandais, que fais-tu là, mon ami, dans l'état horrible où je te vois ? – J'attends mon maître, M. Vanderdendur, le fameux négociant, répondit le nègre. – Est-ce M. Vanderdendur, dit Candide, qui t'a traité ainsi ? – Oui, monsieur, dit le nègre, c'est l'usage. On nous donne un caleçon de toile pour tout vêtement deux fois l'année. Quand nous travaillons aux sucreries, et que la meule nous attrape le doigt, on nous coupe la main ; quand nous voulons nous enfuir, on nous coupe la jambe : je me suis trouvé dans les deux cas. C'est à ce prix que vous mangez du sucre en Europe. Cependant, lorsque ma mère me vendit dix écus patagons sur la côte de Guinée, elle me disait : « Mon cher enfant, bénis nos fétiches, adore-les toujours, ils te feront vivre heureux ; tu as l'honneur d'être esclave de nos seigneurs les blancs, et tu fais par là la fortune de ton père et de ta mère. » Hélas ! je ne sais pas si j'ai fait leur fortune, mais ils n'ont pas fait la mienne. Les chiens, les singes et les perroquets sont mille fois moins malheureux que nous ; les fétiches hollandais qui m'ont converti me disent tous les dimanches que nous sommes tous enfants d'Adam, blancs et noirs. Je ne suis pas généa-

logiste ; mais si ces prêcheurs disent vrai, nous sommes tous cousins issus de germains. Or vous m'avouerez qu'on ne peut pas en user avec ses parents d'une manière plus horrible.

– Ô Pangloss ! s'écria Candide, tu n'avais pas deviné cette abomination ; c'en est fait, il faudra qu'à la fin je renonce à ton optimisme. – Qu'est-ce qu'optimisme ? disait Cacambo. – Hélas ! dit Candide, c'est la rage de soutenir que tout est bien quand on est mal » ; et il versait des larmes en regardant son nègre ; et en pleurant, il entra dans Surinam.

La première chose dont ils s'informent, c'est s'il n'y a point au port quelque vaisseau qu'on pût envoyer à Buenos-Ayres. Celui à qui ils s'adressèrent était justement un patron espagnol qui s'offrit à faire avec eux un marché honnête. Il leur donna rendez-vous dans un cabaret. Candide et le fidèle Cacambo allèrent l'y attendre avec leurs deux moutons.

Candide, qui avait le cœur sur les lèvres, conta à l'Espagnol toutes ses aventures, et lui avoua qu'il voulait enlever mademoiselle Cunégonde. « Je me garderai bien de vous passer à Buenos-Ayres, dit le patron ; je serais pendu, et vous aussi ; la belle Cunégonde est la maîtresse favorite de monseigneur. » Ce fut un coup de foudre pour Candide, il pleura longtemps ; enfin il tira à part Cacambo. « Voici, mon cher ami, lui dit-il, ce qu'il faut que tu fasses. Nous avons chacun dans nos poches pour cinq ou six millions de diamants ; tu es plus habile que moi ; va prendre mademoiselle Cunégonde à Buenos-Ayres. Si le gouverneur fait quelque difficulté, donne-lui un million ; s'il ne se rend pas, donne-lui-en deux ; tu n'as point tué d'inquisiteur, on ne se défiera point de toi. J'équiperai un autre vaisseau, j'irai t'attendre à Venise : c'est un pays libre où l'on n'a rien à craindre ni des Bulgares, ni des Abares, ni des juifs, ni des inquisiteurs. » Cacambo applaudit à cette sage résolution. Il était au désespoir de se séparer d'un bon maître devenu son ami intime ; mais le plaisir de lui être utile l'emporta sur la douleur de le quitter. Ils s'embrassèrent en versant des larmes : Candide lui recommanda de ne point oublier la bonne vieille. Cacambo partit dès le jour même : c'était un très bon homme que ce Cacambo.

Candide resta encore quelque temps à Surinam, et attendit qu'un autre patron voulût le mener en Italie, lui et les deux moutons qui lui restaient. Il prit des domestiques, et acheta tout ce qui lui était nécessaire pour un long voyage ; enfin monsieur Vanderdendur, maître d'un gros vaisseau, vint se présenter à lui. « Combien voulez-vous, demanda-t-il à cet homme, pour me mener en droiture à Venise, moi, mes gens, mon bagage, et les deux moutons que voilà ? » Le patron s'accorda à dix mille piastres ; Candide n'hésita pas.

« Oh ! oh ! dit à part soi le prudent Vanderdendur, cet étranger donne dix mille piastres tout d'un coup ! il faut qu'il soit bien riche. » Puis, revenant un moment après, il signifia qu'il ne pouvait partir à moins de vingt mille. « Eh ! bien vous les aurez, dit Candide.

– Ouais, se dit tout bas le marchand, cet homme donne vingt mille piastres aussi aisément que dix mille. » Il revint encore, et dit qu'il ne pouvait le conduire à Venise à moins de trente mille piastres. « Vous en aurez donc trente mille, répondit Candide.

– Oh ! oh ! se dit encore le marchand hollandais, trente mille piastres ne coûtent rien à cet homme-ci ; sans doute les deux moutons portent des trésors immenses : n'insistons pas davantage ; faisons-nous d'abord payer les trente mille piastres, et puis nous verrons. » Candide vendit deux petits diamants, dont le moindre valait plus que tout l'argent que demandait le patron. Il le paya d'avance. Les deux moutons furent embarqués. Candide suivait dans un petit bateau pour joindre le vaisseau à la rade ; le patron prend son temps, met à la voile, démarre ; le vent le favorise. Candide, éperdu et stupéfait, le perd bientôt de vue. « Hélas ! cria-t-il, voilà un tour digne de l'ancien monde. » Il retourne au rivage, abîmé dans la douleur : car enfin il avait perdu de quoi faire la fortune de vingt monarques.

Il se transporte chez le juge hollandais ; et, comme il était un peu troublé, il frappe rudement à la porte ; il entre, expose son aventure, et crie un peu plus haut qu'il ne convenait. Le juge commença par lui faire payer dix mille piastres pour le bruit qu'il avait fait ; ensuite il l'écouta patiemment, lui promit d'examiner son affaire sitôt que le marchand serait revenu, et se fit payer dix mille autres piastres pour les frais de l'audience.

Ce procédé acheva de désespérer Candide ; il avait à la vérité essuyé des malheurs mille fois plus douloureux ; mais le sang-froid du juge, et celui du patron dont il était volé, alluma sa bile, et le plongea dans une noire mélancolie. La méchanceté des hommes se présentait à son esprit dans toute sa laideur, il ne se nourrissait que d'idées tristes. Enfin un vaisseau français étant sur le point de partir pour Bordeaux, comme il n'avait plus de moutons chargés de diamants à embarquer, il loua une chambre du vaisseau à juste prix, et fit signifier dans la ville qu'il payerait le passage, la nourriture, et donnerait deux mille piastres à un honnête homme qui voudrait faire le voyage avec lui, à condition que cet homme serait le plus dégoûté de son état et le plus malheureux de la province.

Il se présenta une foule de prétendants qu'une flotte n'aurait pu contenir. Candide voulant choisir entre les plus apparents, il distingua une vingtaine de personnes qui lui paraissaient assez sociables, et qui toutes prétendaient mériter la préférence. Il les assembla dans son cabaret, et leur donna à souper, à condition que chacun ferait serment de raconter fidèlement son histoire, promettant de choisir celui qui lui paraîtrait le plus à plaindre et le plus mécontent de son état, à plus juste titre, et de donner aux autres quelques gratifications.

La séance dura jusqu'à quatre heures du matin. Candide, en écoutant toutes leurs aventures, se ressouvenait de ce que lui avait dit la vieille en allant à Buenos-Ayres, et de la gageure qu'elle avait faite, qu'il n'y avait personne sur le vaisseau à qui il ne fût arrivé de très grands malheurs. Il songeait à Pangloss à chaque aventure qu'on lui contait. « Ce Pangloss, disait-il, serait bien embarrassé à démontrer son système. Je voudrais qu'il fût ici. Certainement si tout va bien, c'est dans Eldorado, et non pas dans le reste de la terre. » Enfin il se détermina en faveur d'un pauvre savant qui avait travaillé dix ans pour les libraires à Amsterdam. Il jugea qu'il n'y avait point de métier au monde dont on dût être plus dégoûté.

Ce savant, qui était d'ailleurs un bon homme, avait été volé par sa femme, battu par son fils, et abandonné de sa fille, qui s'était fait enlever par un Portugais. Il venait d'être privé d'un petit emploi duquel il subsistait ; et les prédicants

de Surinam le persécutaient parce qu'ils le prenaient pour un socinien. Il faut avouer que les autres étaient pour le moins aussi malheureux que lui ; mais Candide espérait que le savant le désennuierait dans le voyage. Tous ses autres rivaux trouvèrent que Candide leur faisait une grande injustice ; mais il les apaisa en leur donnant à chacun cent piastres.

CHAPITRE VINGTIÈME

CE QUI ARRIVA SUR MER À CANDIDE ET À MARTIN

Le vieux savant, qui s'appelait Martin, s'embarqua donc pour Bordeaux avec Candide. L'un et l'autre avaient beaucoup vu et beaucoup souffert ; et quand le vaisseau aurait dû faire voile de Surinam au Japon par le cap de Bonne-Espérance, ils auraient eu de quoi s'entretenir du mal moral et du mal physique pendant tout le voyage.

Cependant Candide avait un grand avantage sur Martin, c'est qu'il espérait toujours revoir mademoiselle Cunégonde, et que Martin n'avait rien à espérer ; de plus il avait de l'or et des diamants ; et quoiqu'il eût perdu cent gros moutons rouges chargés des plus grands trésors de la terre, quoiqu'il eût toujours sur le cœur la friponnerie du patron hollandais, cependant, quand il songeait à ce qui lui restait dans ses poches, et quand il parlait de Cunégonde, surtout à la fin du repas, il penchait alors pour le système de Pangloss.

« Mais vous, monsieur Martin, dit-il au savant, que pensez-vous de tout cela ? Quelle est votre idée sur le mal moral et le mal physique ? – Monsieur, répondit Martin, mes prêtres m'ont accusé d'être socinien ; mais la vérité du fait est que je suis manichéen. – Vous vous moquez de moi, dit Candide ; il n'y a plus de manichéens dans le monde. – Il y a moi, dit Martin ; je ne sais qu'y faire, mais je ne peux penser autrement. – Il faut que vous ayez le diable au corps, dit Candide. – Il se mêle si fort des affaires de ce monde, dit Martin, qu'il pourrait bien être dans mon corps, comme partout ailleurs ; mais je vous avoue qu'en jetant la vue sur ce globe, ou plutôt sur ce globule, je pense que Dieu l'a

abandonné à quelque être malfaisant ; j'en excepte toujours Eldorado. Je n'ai guère vu de ville qui ne désirât la ruine de la ville voisine, point de famille qui ne voulût exterminer quelque autre famille. Partout les faibles ont en exécration les puissants devant lesquels ils rampent, et les puissants les traitent comme des troupeaux dont on vend la laine et la chair. Un million d'assassins enrégimentés, courant d'un bout de l'Europe à l'autre, exerce le meurtre et le brigandage avec discipline pour gagner son pain, parce qu'il n'a pas de métier plus honnête ; et dans les villes qui paraissent jouir de la paix, et où les arts fleurissent, les hommes sont dévorés de plus d'envie, de soins et d'inquiétudes qu'une ville assiégée n'éprouve de fléaux. Les chagrins secrets sont encore plus cruels que les misères publiques. En un mot, j'en ai tant vu et tant éprouvé que je suis manichéen.

– Il y a pourtant du bon, répliquait Candide. – Cela peut être, disait Martin ; mais je ne le connais pas. »

Au milieu de cette dispute, on entendit un bruit de canon. Le bruit redouble de moment en moment. Chacun prend sa lunette. On aperçoit deux vaisseaux qui combattaient à la distance d'environ trois milles : le vent les amena l'un et l'autre si près du vaisseau français qu'on eut le plaisir de voir le combat tout à son aise. Enfin l'un des deux vaisseaux lâcha à l'autre une bordée si bas et si juste, qu'il le coula à fond. Candide et Martin aperçurent distinctement une centaine d'hommes sur le tillac du vaisseau qui s'enfonçait ; ils levaient tous les mains au ciel, et jetaient des clameurs effroyables : en un moment tout fut englouti.

« Eh bien ! dit Martin, voilà comme les hommes se traitent les uns les autres. – Il est vrai, dit Candide, qu'il y a quelque chose de diabolique dans cette affaire. » En parlant ainsi, il aperçut je ne sais quoi d'un rouge éclatant, qui nageait auprès de son vaisseau. On détacha la chaloupe pour voir ce que ce pouvait être : c'était un de ses moutons. Candide eut plus de joie de retrouver ce mouton qu'il n'avait été affligé d'en perdre cent tous chargés de gros diamants d'Eldorado.

Le capitaine français aperçut bientôt que le capitaine du vaisseau submergeant était espagnol, et que celui du vaisseau submergé était un pirate hollandais ; c'était celui-là même qui avait volé Candide. Les richesses immenses dont

ce scélérat s'était emparé furent ensevelies avec lui dans la mer, et il n'y eut qu'un mouton de sauvé. « Vous voyez, dit Candide à Martin, que le crime est puni quelquefois ; ce coquin de patron hollandais a eu le sort qu'il méritait. – Oui, dit Martin ; mais fallait-il que les passagers qui étaient sur son vaisseau périssent aussi ? Dieu a puni ce fripon, le diable a noyé les autres. »

Cependant le vaisseau français et l'espagnol continuèrent leur route, et Candide continua ses conversations avec Martin. Ils disputèrent quinze jours de suite, et au bout de quinze jours ils étaient aussi avancés que le premier. Mais enfin ils parlaient, ils se communiquaient des idées, ils se consolaient. Candide caressait son mouton. « Puisque je t'ai retrouvé, dit-il, je pourrai bien retrouver Cunégonde. »

CHAPITRE VINGT-UNIÈME

CANDIDE ET MARTIN
APPROCHENT DES CÔTES DE FRANCE,
ET RAISONNENT

On aperçut enfin les côtes de France. « Avez-vous jamais été en France, monsieur Martin ? dit Candide. – Oui, dit Martin, j'ai parcouru plusieurs provinces. Il y en a où la moitié des habitants est folle, quelques-unes où l'on est trop rusé, d'autres où l'on est communément assez doux et assez bête, d'autres où l'on fait le bel esprit ; et, dans toutes, la principale occupation est l'amour ; la seconde, de médire ; et la troisième, de dire des sottises. – Mais, monsieur Martin, avez-vous vu Paris ? – Oui, j'ai vu Paris ; il tient de toutes ces espèces-là ; c'est un chaos, c'est une presse dans laquelle tout le monde cherche le plaisir, et où presque personne ne le trouve, du moins à ce qu'il m'a paru. J'y ai séjourné peu ; j'y fus volé, en arrivant, de tout ce que j'avais, par des filous, à la foire St. Germain ; on me prit moi-même pour un voleur, et je fus huit jours en prison ; après quoi je me fis correcteur d'imprimerie pour gagner de quoi retourner à pied en Hollande. Je connus la canaille écrivante, la canaille cabalante, et la canaille convulsionnaire. On dit qu'il y a des gens fort polis dans cette ville-là : je le veux croire.

– Pour moi, je n'ai nulle curiosité de voir la France, dit Candide ; vous devinez aisément que quand on a passé un mois dans Eldorado, on ne se soucie plus de rien voir sur la terre que mademoiselle Cunégonde : je vais l'attendre à Venise ; nous traverserons la France pour aller en Italie ; ne m'accompagnerez-vous pas ? – Très volontiers, dit Martin ; on dit que Venise n'est bonne que pour les nobles vénitiens, mais que cependant on y reçoit très bien les étrangers quand ils ont beaucoup d'argent : je n'en ai point ; vous en avez, je vous suivrai partout. – À propos, dit Candide, pensez-vous que la terre ait été originairement une mer, comme on l'assure dans ce gros livre qui appartient au capitaine du vaisseau ? – Je n'en crois rien du tout, dit Martin, non plus que toutes les rêveries qu'on nous débite depuis quelque temps. – Mais à quelle fin ce monde a-t-il donc été formé ? dit Candide. – Pour nous faire enrager, répondit Martin. – N'êtes-vous pas bien étonné, continua Candide, de l'amour que ces deux filles du pays des Oreillons avaient pour ces deux singes, et dont je vous ai conté l'aventure ? – Point du tout, dit Martin ; je ne vois pas ce que cette passion a d'étrange : j'ai tant vu de choses extraordinaires qu'il n'y a plus rien d'extraordinaire. – Croyez-vous, dit Candide, que les hommes se soient toujours mutuellement massacrés comme ils font aujourd'hui ? qu'ils aient toujours été menteurs, fourbes, perfides, ingrats, brigands, faibles, volages, lâches, envieux, gourmands, ivrognes, avares, ambitieux, sanguinaires, calomniateurs, débauchés, fanatiques, hypocrites et sots ? – Croyez-vous, dit Martin, que les éperviers aient toujours mangé des pigeons quand ils en ont trouvé ? – Oui, sans doute, dit Candide. – Eh bien ! dit Martin, si les éperviers ont toujours eu le même caractère, pourquoi voulez-vous que les hommes aient changé le leur ? – Oh ! dit Candide, il y a bien de la différence, car le libre arbitre... » En raisonnant ainsi, ils arrivèrent à Bordeaux.

CHAPITRE VINGT-DEUXIÈME

CE QUI ARRIVA EN FRANCE À CANDIDE ET À MARTIN

Candide ne s'arrêta dans Bordeaux qu'autant de temps qu'il en fallait pour vendre quelques cailloux du Dorado, et pour s'accommoder d'une bonne chaise à deux places ; car il ne pouvait plus se passer de son philosophe Martin ; il fut seulement très fâché de se séparer de son mouton, qu'il laissa à l'Académie des sciences de Bordeaux, laquelle proposa pour le sujet du prix de cette année de trouver pourquoi la laine de ce mouton était rouge ; et le prix fut adjugé à un savant du Nord, qui démontra par A, plus B, moins C divisé par Z, que le mouton devait être rouge, et mourir de la clavelée.

Cependant tous les voyageurs que Candide rencontra dans les cabarets de la route lui disaient : « Nous allons à Paris. » Cet empressement général lui donna enfin l'envie de voir cette capitale ; ce n'était pas beaucoup se détourner du chemin de Venise.

Il entra par le faubourg St. Marceau, et crut être dans le plus vilain village de la Vestphalie.

À peine Candide fut-il dans son auberge, qu'il fut attaqué d'une maladie légère, causée par ses fatigues. Comme il avait au doigt un diamant énorme, et qu'on avait aperçu dans son équipage une cassette prodigieusement pesante, il eut aussitôt auprès de lui deux médecins qu'il n'avait pas mandés, quelques amis intimes qui ne le quittèrent pas, et deux dévotes qui faisaient chauffer ses bouillons. Martin disait : « Je me souviens d'avoir été malade aussi à Paris dans mon premier voyage ; j'étais fort pauvre : aussi n'eus-je ni amis, ni dévotes, ni médecins, et je guéris. »

Cependant, à force de médecines et de saignées, la maladie de Candide devint sérieuse. Un habitué du quartier vint avec douceur lui demander un billet payable au porteur pour l'autre monde : Candide n'en voulut rien faire. Les dévotes l'assurèrent que c'était une nouvelle mode ; Candide répondit qu'il n'était point homme à la mode. Martin voulut jeter l'habitué par les fenêtres. Le clerc jura qu'on n'enterrerait point Candide. Martin jura qu'il enterrerait le clerc s'il continuait à les importuner. La querelle s'échauffa : Martin

le prit par les épaules, et le chassa rudement ; ce qui causa un grand scandale, dont on fit un procès-verbal.

Candide guérit ; et pendant sa convalescence il eut très bonne compagnie à souper chez lui. On jouait gros jeu. Candide était tout étonné que jamais les as ne lui vinssent ; et Martin ne s'en étonnait pas.

Parmi ceux qui lui faisaient les honneurs de la ville, il y avait un petit abbé périgourdin, l'un de ces gens empressés, toujours alertes, toujours serviables, effrontés, caressants, accommodants, qui guettent les étrangers à leur passage, leur content l'histoire scandaleuse de la ville, et leur offrent des plaisirs à tout prix. Celui-ci mena d'abord Candide et Martin à la comédie. On y jouait une tragédie nouvelle. Candide se trouva placé auprès de quelques beaux esprits. Cela ne l'empêcha pas de pleurer à des scènes jouées parfaitement. Un des raisonneurs qui étaient à ses côtés lui dit dans un entr'acte : « Vous avez grand tort de pleurer, cette actrice est fort mauvaise ; l'acteur qui joue avec elle est plus mauvais acteur encore ; la pièce est encore plus mauvaise que les acteurs ; l'auteur ne sait pas un mot d'arabe, et cependant la scène est en Arabie ; et, de plus, c'est un homme qui ne croit pas aux idées innées ; je vous apporterai demain vingt brochures contre lui. – Monsieur, combien avez-vous de pièces de théâtre en France ? » dit Candide à l'abbé ; lequel répondit : « Cinq ou six mille. – C'est beaucoup, dit Candide ; combien y en a-t-il de bonnes ? – Quinze ou seize, répliqua l'autre. – C'est beaucoup », dit Martin.

Candide fut très content d'une actrice qui faisait la reine Elisabeth, dans une assez plate tragédie que l'on joue quelquefois. « Cette actrice, dit-il à Martin, me plaît beaucoup ; elle a un faux air de mademoiselle Cunégonde ; je serais bien aise de la saluer. » L'abbé périgourdin s'offrit à l'introduire chez elle. Candide, élevé en Allemagne, demanda quelle était l'étiquette, et comment on traitait en France les reines d'Angleterre. « Il faut distinguer, dit l'abbé ; en province, on les mène au cabaret ; à Paris, on les respecte quand elles sont belles, et on les jette à la voirie quand elles sont mortes. – Des reines à la voirie ! dit Candide. – Oui vraiment, dit Martin ; monsieur l'abbé a raison : j'étais à Paris quand mademoiselle Monime passa, comme on dit, de cette vie à l'autre ; on lui refusa ce que ces gens-ci appel-

lent *les honneurs de la sépulture,* c'est-à-dire de pourrir avec tous les gueux du quartier dans un vilain cimetière ; elle fut enterrée toute seule de sa bande au coin de la rue de Bourgogne ; ce qui dut lui faire une peine extrême, car elle pensait très noblement. – Cela est bien impoli, dit Candide. – Que voulez-vous ? dit Martin ; ces gens-ci sont ainsi faits. Imaginez toutes les contradictions, toutes les incompatibilités possibles, vous les verrez dans le gouvernement, dans les tribunaux, dans les églises, dans les spectacles de cette drôle de nation. – Est-il vrai qu'on rit toujours à Paris ? dit Candide. – Oui, dit l'abbé ; mais c'est en enrageant : car on s'y plaint de tout avec de grands éclats de rire ; même on y fait en riant les actions les plus détestables.

– Quel est, dit Candide, ce gros cochon qui me disait tant de mal de la pièce où j'ai tant pleuré, et des acteurs qui m'ont fait tant de plaisir ? – C'est un mal vivant, répondit l'abbé, qui gagne sa vie à dire du mal de toutes les pièces et de tous les livres ; il hait quiconque réussit, comme les eunuques haïssent les jouissants ; c'est un de ces serpents de la littérature qui se nourrissent de fange et de venin ; c'est un folliculaire. – Qu'appelez-vous folliculaire ? dit Candide. – C'est, dit l'abbé, un faiseur de feuilles, un Fréron. »

C'est ainsi que Candide, Martin, et le Périgourdin, raisonnaient sur l'escalier, en voyant défiler le monde au sortir de la pièce. « Quoique je sois très empressé de revoir mademoiselle Cunégonde, dit Candide, je voudrais pourtant souper avec mademoiselle Clairon, car elle m'a paru admirable. »

L'abbé n'était pas homme à approcher de mademoiselle Clairon, qui ne voyait que bonne compagnie. « Elle est engagée pour ce soir, dit-il ; mais j'aurai l'honneur de vous mener chez une dame de qualité, et là vous connaîtrez Paris comme si vous y aviez été quatre ans. »

Candide, qui était naturellement curieux, se laissa mener chez la dame, au fond du faubourg St. Honoré ; on y était occupé d'un pharaon ; douze tristes pontes tenaient chacun en main un petit livre de cartes, registre cornu de leurs infortunes. Un profond silence régnait, la pâleur était sur le front des pontes, l'inquiétude sur celui du banquier ; et la dame du logis, assise auprès de ce banquier impitoyable, remarquait avec des yeux de lynx tous les parolis, tous les

sept-et-le-va de campagne, dont chaque joueur cornait ses cartes ; elle les faisait décorner avec une attention sévère, mais polie, et ne se fâchait point, de peur de perdre ses pratiques. La dame se faisait appeler la marquise de Parolignac. Sa fille, âgée de quinze ans, était au nombre des pontes, et avertissait d'un clin d'œil des friponneries de ces pauvres gens qui tâchaient de réparer les cruautés du sort. L'abbé périgourdin, Candide, et Martin, entrèrent ; personne ne se leva, ni les salua, ni les regarda ; tous étaient profondément occupés de leurs cartes. « Madame la baronne de Thunder-ten-tronckh était plus civile », dit Candide.

Cependant l'abbé s'approcha de l'oreille de la marquise, qui se leva à moitié, honora Candide d'un sourire gracieux, et Martin d'un air de tête tout à fait noble ; elle fit donner un siège et un jeu de cartes à Candide, qui perdit cinquante mille francs en deux tailles : après quoi on soupa très gaiement ; et tout le monde était étonné que Candide ne fût pas ému de sa perte ; les laquais disaient entre eux, dans leur langage de laquais : « Il faut que ce soit quelque milord anglais. »

Le souper fut comme la plupart des soupers de Paris : d'abord du silence, ensuite un bruit de paroles qu'on ne distingue point, puis des plaisanteries dont la plupart sont insipides, de fausses nouvelles, de mauvais raisonnements, un peu de politique, et beaucoup de médisance ; on parla même de livres nouveaux. « Avez-vous vu, dit l'abbé périgourdin, le roman du sieur Gauchat, docteur en théologie ? – Oui, répondit un des convives ; mais je n'ai pu l'achever. Nous avons une foule d'écrits impertinents ; mais tous ensemble n'approchent pas de l'impertinence de Gauchat, docteur en théologie ; je suis si rassasié de cette immensité de détestables livres qui nous inondent que je me suis mis à ponter au pharaon. – Et les *Mélanges* de l'archidiacre T..., qu'en dites-vous ? dit l'abbé. – Ah ! dit madame de Parolignac, l'ennuyeux mortel ! comme il vous dit curieusement ce que tout le monde sait ! comme il discute pesamment ce qui ne vaut pas la peine d'être remarqué légèrement ! comme il s'approprie, sans esprit, l'esprit des autres ! comme il gâte ce qu'il pille ! comme il me dégoûte ! mais il

ne me dégoûtera plus ; c'est assez d'avoir lu quelques pages de l'archidiacre. »

Il y avait à table un homme savant et de goût qui appuya ce que disait la marquise. On parla ensuite de tragédies ; la dame demanda pourquoi il y avait des tragédies qu'on jouait quelquefois, et qu'on ne pouvait lire. L'homme de goût expliqua très bien comment une pièce pouvait avoir quelque intérêt, et n'avoir presque aucun mérite ; il prouva en peu de mots que ce n'était pas assez d'amener une ou deux de ces situations qu'on trouve dans tous les romans, et qui séduisent toujours les spectateurs, mais qu'il faut être neuf sans être bizarre, souvent sublime et toujours naturel ; connaître le cœur humain et le faire parler ; être grand poète sans que jamais aucun personnage de la pièce paraisse poète ; savoir parfaitement sa langue, la parler avec pureté, avec une harmonie continue, sans que jamais la rime coûte rien au sens. « Quiconque, ajouta-t-il, n'observe pas toutes ces règles peut faire une ou deux tragédies applaudies au théâtre, mais il ne sera jamais compté au rang des bons écrivains ; il y a très peu de bonnes tragédies : les unes sont des idylles en dialogues bien écrits et bien rimés ; les autres, des raisonnements politiques qui endorment, ou des amplifications qui rebutent ; les autres, des rêves d'énergumène, en style barbare, des propos interrompus, de longues apostrophes aux dieux, parce qu'on ne sait point parler aux hommes, des maximes fausses, des lieux communs ampoulés. »

Candide écouta ce propos avec attention, et conçut une grande idée du discoureur ; et, comme la marquise avait eu soin de le placer à côté d'elle, il s'approcha de son oreille, et prit la liberté de lui demander qui était cet homme qui parlait si bien. « C'est un savant, dit la dame, qui ne ponte point, et que l'abbé m'amène quelquefois à souper : il se connaît parfaitement en tragédies et en livres, et il a fait une tragédie sifflée, et un livre dont on n'a jamais vu hors de la boutique de son libraire qu'un exemplaire, qu'il m'a dédié. – Le grand homme ! dit Candide, c'est un autre Pangloss. »

Alors, se tournant vers lui, il lui dit : « Monsieur, vous pensez, sans doute, que tout est au mieux dans le monde physique et dans le moral, et que rien ne pouvait être autrement ? – Moi, monsieur, lui répondit le savant, je ne pense

rien de tout cela : je trouve que tout va de travers chez nous ; que personne ne sait ni quel est son rang, ni quelle est sa charge, ni ce qu'il fait, ni ce qu'il doit faire, et qu'excepté le souper, qui est assez gai, et où il paraît assez d'union, tout le reste du temps se passe en querelles impertinentes : jansénistes contre molinistes, gens du parlement contre gens d'église, gens de lettres contre gens de lettres, courtisans contre courtisans, financiers contre le peuple, femmes contre maris, parents contre parents ; c'est une guerre éternelle. »

Candide lui répliqua : « J'ai vu pis : mais un sage, qui depuis a eu le malheur d'être pendu, m'apprit que tout cela est à merveille : ce sont des ombres à un beau tableau. – Votre pendu se moquait du monde, dit Martin ; vos ombres sont des taches horribles. – Ce sont les hommes qui font les taches, dit Candide, et ils ne peuvent pas s'en dispenser. – Ce n'est donc pas leur faute », dit Martin. La plupart des pontes, qui n'entendaient rien à ce langage, buvaient ; et Martin raisonna avec le savant, et Candide raconta une partie de ses aventures à la dame du logis.

Après souper, la marquise mena Candide dans son cabinet, et le fit asseoir sur un canapé. « Eh bien ! lui dit-elle, vous aimez donc toujours éperdument mademoiselle Cunégonde de Thunder-ten-tronckh ? – Oui, madame », répondit Candide. La marquise lui répliqua avec un sourire tendre : « Vous me répondez comme un jeune homme de Vestphalie ; un Français m'aurait dit : "Il est vrai que j'ai aimé mademoiselle Cunégonde ; mais, en vous voyant, madame, je crains de ne la plus aimer." – Hélas ! madame, dit Candide, je répondrai comme vous voudrez. – Votre passion pour elle, dit la marquise, a commencé en ramassant son mouchoir ; je veux que vous ramassiez ma jarretière. – De tout mon cœur », dit Candide ; et il la ramassa. « Mais je veux que vous me la remettiez », dit la dame ; et Candide la lui remit. « Voyez-vous, dit la dame, vous êtes étranger ; je fais quelquefois languir mes amants de Paris quinze jours, mais je me rends à vous dès la première nuit, parce qu'il faut faire les honneurs de son pays à un jeune homme de Vestphalie. » La belle, ayant aperçu deux énormes diamants aux deux mains de son jeune étranger, les loua de si bonne

foi que des doigts de Candide ils passèrent aux doigts de la marquise.

Candide, en s'en retournant avec son abbé périgourdin, sentit quelques remords d'avoir fait une infidélité à mademoiselle Cunégonde ; monsieur l'abbé entra dans sa peine ; il n'avait qu'une légère part aux cinquante mille livres perdues au jeu par Candide, et à la valeur des deux brillants moitié donnés, moitié extorqués. Son dessein était de profiter, autant qu'il le pourrait, des avantages que la connaissance de Candide pouvait lui procurer. Il lui parla beaucoup de Cunégonde, et Candide lui dit qu'il demanderait bien pardon à cette belle de son infidélité, quand il la verrait à Venise.

Le Périgourdin redoublait de politesses et d'attentions, et prenait un intérêt tendre à tout ce que Candide disait, à tout ce qu'il faisait, à tout ce qu'il voulait faire. « Vous avez donc, monsieur, lui dit-il, un rendez-vous à Venise ? – Oui, monsieur l'abbé, dit Candide ; il faut absolument que j'aille trouver mademoiselle Cunégonde. » Alors, engagé par le plaisir de parler de ce qu'il aimait, il conta, selon son usage, une partie de ses aventures avec cette illustre Vestphalienne.

« Je crois, dit l'abbé, que mademoiselle Cunégonde a bien de l'esprit, et qu'elle écrit des lettres charmantes. – Je n'en ai jamais reçu, dit Candide ; car, figurez-vous qu'ayant été chassé du château pour l'amour d'elle, je ne pus lui écrire ; que bientôt après j'appris qu'elle était morte, qu'ensuite je la retrouvai, et que je la perdis, et que je lui ai envoyé à deux mille cinq cents lieues d'ici un exprès dont j'attends la réponse. »

L'abbé écoutait attentivement, et paraissait un peu rêveur. Il prit bientôt congé des deux étrangers, après les avoir tendrement embrassés. Le lendemain Candide reçut à son réveil une lettre conçue en ces termes :

« Monsieur mon très cher amant, il y a huit jours que je suis malade en cette ville ; j'apprends que vous y êtes. Je volerais dans vos bras si je pouvais remuer. J'ai su votre passage à Bordeaux ; j'y ai laissé le fidèle Cacambo et la vieille, qui doivent bientôt me suivre. Le gouverneur de Buenos-Ayres a tout pris, mais il me reste votre cœur. Venez ; votre présence me rendra la vie ou me fera mourir de plaisir. »

Cette lettre charmante, cette lettre inespérée, transporta Candide d'une joie inexprimable ; et la maladie de sa chère Cunégonde l'accabla de douleur. Partagé entre ces deux sentiments, il prend son or et ses diamants, et se fait conduire avec Martin à l'hôtel où mademoiselle Cunégonde demeurait. Il entre en tremblant d'émotion, son cœur palpite, sa voix sanglote ; il veut ouvrir les rideaux du lit ; il veut faire apporter de la lumière. « Gardez-vous-en bien, lui dit la suivante ; la lumière la tue » ; et soudain elle referme le rideau. « Ma chère Cunégonde, dit Candide en pleurant, comment vous portez-vous ? si vous ne pouvez me voir, parlez-moi du moins. – Elle ne peut parler », dit la suivante. La dame alors tire du lit une main potelée que Candide arrose longtemps de ses larmes, et qu'il remplit ensuite de diamants, en laissant un sac plein d'or sur le fauteuil.

Au milieu de ses transports arrive un exempt suivi de l'abbé périgourdin et d'une escouade. « Voilà donc, dit-il, ces deux étrangers suspects ? » Il les fait incontinent saisir, et ordonne à ses braves de les traîner en prison. « Ce n'est pas ainsi qu'on traite les voyageurs dans le Dorado, dit Candide. – Je suis plus manichéen que jamais, dit Martin. – Mais, monsieur, où nous menez-vous ? dit Candide. – Dans un cul-de-basse-fosse », dit l'exempt.

Martin, ayant repris son sang-froid, jugea que la dame qui se prétendait Cunégonde était une friponne, monsieur l'abbé périgourdin un fripon qui avait abusé au plus vite de l'innocence de Candide, et l'exempt un autre fripon dont on pouvait aisément se débarrasser.

Plutôt que de s'exposer aux procédures de la justice, Candide, éclairé par son conseil, et d'ailleurs toujours impatient de revoir la véritable Cunégonde, propose à l'exempt trois petits diamants d'environ trois mille pistoles chacun. « Ah ! monsieur, lui dit l'homme au bâton d'ivoire, eussiez-vous commis tous les crimes imaginables, vous êtes le plus honnête homme du monde. Trois diamants ! chacun de trois mille pistoles ! Monsieur ! je me ferais tuer pour vous, au lieu de vous mener dans un cachot. On arrête tous les étrangers, mais laissez-moi faire ; j'ai un frère à Dieppe en Normandie ; je vais vous y mener ; et si vous avez quelque diamant à lui donner, il aura soin de vous comme moi-même. – Et pourquoi arrête-t-on tous les étrangers ? » dit

Candide. L'abbé périgourdin prit alors la parole, et dit : « C'est parce qu'un gueux du pays d'Atrébatie a entendu dire des sottises : cela seul lui a fait commettre un parricide, non pas tel que celui de 1610 au mois de mai, mais tel que celui de 1594 au mois de décembre, et tel que plusieurs autres commis dans d'autres années et dans d'autres mois par d'autres gueux qui avaient entendu dire des sottises. »

L'exempt alors expliqua de quoi il s'agissait. « Ah ! les monstres ! s'écria Candide ; quoi ! de telles horreurs chez un peuple qui danse et qui chante ! Ne pourrai-je sortir au plus vite de ce pays où des singes agacent des tigres ? J'ai vu des ours dans mon pays ; je n'ai vu des hommes que dans le Dorado. Au nom de Dieu, monsieur l'exempt, menez-moi à Venise, où je dois attendre mademoiselle Cunégonde. – Je ne peux vous mener qu'en Basse-Normandie », dit le barigel. Aussitôt il lui fait ôter ses fers, dit qu'il s'est mépris, renvoie ses gens, et emmène à Dieppe Candide et Martin, et les laisse entre les mains de son frère. Il y avait un petit vaisseau hollandais à la rade. Le Normand, à l'aide de trois autres diamants devenu le plus serviable des hommes, embarque Candide et ses gens dans le vaisseau qui allait faire voile pour Portsmouth en Angleterre. Ce n'était pas le chemin de Venise ; mais Candide croyait être délivré de l'enfer ; et il comptait bien reprendre la route de Venise à la première occasion.

CHAPITRE VINGT-TROISIÈME

CANDIDE ET MARTIN VONT SUR LES CÔTES D'ANGLETERRE ;
CE QU'ILS Y VOIENT

« Ah ! Pangloss ! Pangloss ! Ah ! Martin ! Martin ! Ah ! ma chère Cunégonde ! qu'est-ce que ce monde-ci ? disait Candide sur le vaisseau hollandais. – Quelque chose de bien fou et de bien abominable, répondait Martin. – Vous connaissez l'Angleterre ; y est-on aussi fou qu'en France ? – C'est une autre espèce de folie, dit Martin. Vous savez que ces deux nations sont en guerre pour quelques arpents de neige vers le Canada, et qu'elles dépensent pour cette belle guerre beaucoup plus que tout le Canada ne vaut. De vous dire

précisément s'il y a plus de gens à lier dans un pays que dans un autre, c'est ce que mes faibles lumières ne me permettent pas ; je sais seulement qu'en général les gens que nous allons voir sont fort atrabilaires. »

En causant ainsi ils abordèrent à Portsmouth ; une multitude de peuple couvrait le rivage, et regardait attentivement un assez gros homme qui était à genoux, les yeux bandés, sur le tillac d'un des vaisseaux de la flotte ; quatre soldats, postés vis-à-vis de cet homme, lui tirèrent chacun trois balles dans le crâne, le plus paisiblement du monde ; et toute l'assemblée s'en retourna extrêmement satisfaite. « Qu'est-ce donc que tout ceci ? dit Candide ; et quel démon exerce partout son empire ? » Il demanda qui était ce gros homme qu'on venait de tuer en cérémonie. « C'est un amiral, lui répondit-on. – Et pourquoi tuer cet amiral ? – C'est, lui dit-on, parce qu'il n'a pas fait tuer assez de monde ; il a livré un combat à un amiral français, et on a trouvé qu'il n'était pas assez près de lui. – Mais, dit Candide, l'amiral français était aussi loin de l'amiral anglais que celui-ci l'était de l'autre ! – Cela est incontestable, lui répliqua-t-on ; mais dans ce pays-ci il est bon de tuer de temps en temps un amiral pour encourager les autres. »

Candide fut si étourdi et si choqué de ce qu'il voyait et de ce qu'il entendait qu'il ne voulut pas seulement mettre pied à terre, et qu'il fit son marché avec le patron hollandais (dût-il le voler comme celui de Surinam) pour le conduire sans délai à Venise.

Le patron fut prêt au bout de deux jours. On côtoya la France ; on passa à la vue de Lisbonne, et Candide frémit. On entra dans le détroit et dans la Méditerranée ; enfin on aborda à Venise. « Dieu soit loué ! dit Candide, en embrassant Martin ; c'est ici que je reverrai la belle Cunégonde. Je compte sur Cacambo comme sur moi-même. Tout est bien, tout va bien, tout va le mieux qu'il soit possible. »

CHAPITRE VINGT-QUATRIÈME

DE PAQUETTE, ET DE FRÈRE GIROFLÉE

Dès qu'il fut à Venise, il fit chercher Cacambo dans tous les cabarets, dans tous les cafés, chez toutes les filles de joie, et ne le trouva point. Il envoyait tous les jours à la découverte de tous les vaisseaux et de toutes les barques : nulles nouvelles de Cacambo. « Quoi ! disait-il à Martin, j'ai eu le temps de passer de Surinam à Bordeaux, d'aller de Bordeaux à Paris, de Paris à Dieppe, de Dieppe à Portsmouth, de côtoyer le Portugal et l'Espagne, de traverser toute la Méditerranée, de passer quelques mois à Venise, et la belle Cunégonde n'est point venue ! Je n'ai rencontré au lieu d'elle qu'une drôlesse et un abbé périgourdin ! Cunégonde est morte, sans doute ; je n'ai plus qu'à mourir. Ah ! il valait mieux rester dans le paradis du Dorado que de revenir dans cette maudite Europe. Que vous avez raison, mon cher Martin ! tout n'est qu'illusion et calamité. »

Il tomba dans une mélancolie noire, et ne prit aucune part à l'opéra *alla moda,* ni aux autres divertissements du carnaval ; pas une dame ne lui donna la moindre tentation. Martin lui dit : « Vous êtes bien simple, en vérité, de vous figurer qu'un valet métis qui a cinq ou six millions dans ses poches ira chercher votre maîtresse au bout du monde et vous l'amènera à Venise. Il la prendra pour lui, s'il la trouve. S'il ne la trouve pas, il en prendra une autre : je vous conseille d'oublier votre valet Cacambo et votre maîtresse Cunégonde. » Martin n'était pas consolant. La mélancolie de Candide augmenta, et Martin ne cessait de lui prouver qu'il y avait peu de vertu et peu de bonheur sur la terre ; excepté peut-être dans Eldorado, où personne ne pouvait aller.

En disputant sur cette matière importante, et en attendant Cunégonde, Candide aperçut un jeune théatin dans la place St. Marc, qui tenait sous le bras une fille. Le théatin paraissait frais, potelé, vigoureux ; ses yeux étaient brillants, son air assuré, sa mine haute, sa démarche fière. La fille était très jolie, et chantait ; elle regardait amoureusement son théatin, et de temps en temps, lui pinçait ses grosses joues. « Vous m'avouerez du moins, dit Candide à Martin,

que ces gens-ci sont heureux. Je n'ai trouvé jusqu'à présent dans toute la terre habitable, excepté dans Eldorado, que des infortunés ; mais pour cette fille et ce théatin, je gage que ce sont des créatures très heureuses. – Je gage que non, dit Martin. – Il n'y a qu'à les prier à dîner, dit Candide, et vous verrez si je me trompe. »

Aussitôt il les aborde, il leur fait son compliment, et les invite à venir à son hôtellerie manger des macaronis, des perdrix de Lombardie, des œufs d'esturgeon, et à boire du vin de Montepulciano, du lacryma-christi, du chypre, et du samos. La demoiselle rougit, le théatin accepta la partie, et la fille le suivit en regardant Candide avec des yeux de surprise et de confusion, qui furent obscurcis de quelques larmes. À peine fut-elle entrée dans la chambre de Candide, qu'elle lui dit : « Eh quoi ! monsieur Candide ne reconnaît plus Paquette ! » À ces mots, Candide, qui ne l'avait pas considérée jusque-là avec attention, parce qu'il n'était occupé que de Cunégonde, lui dit : « Hélas ! ma pauvre enfant, c'est donc vous qui avez mis le docteur Pangloss dans le bel état où je l'ai vu ?

– Hélas ! monsieur, c'est moi-même, dit Paquette ; je vois que vous êtes instruit de tout. J'ai su les malheurs épouvantables arrivés à toute la maison de madame la baronne et à la belle Cunégonde. Je vous jure que ma destinée n'a guère été moins triste. J'étais fort innocente quand vous m'avez vue. Un cordelier, qui était mon confesseur, me séduisit aisément. Les suites en furent affreuses ; je fus obligée de sortir du château quelque temps après que monsieur le baron vous eut renvoyé à grands coups de pied dans le derrière. Si un fameux médecin n'avait pas pris pitié de moi, j'étais morte. Je fus quelque temps par reconnaissance la maîtresse de ce médecin. Sa femme, qui était jalouse à la rage, me battait tous les jours impitoyablement ; c'était une furie. Ce médecin était le plus laid de tous les hommes, et moi la plus malheureuse de toutes les créatures d'être battue continuellement pour un homme que je n'aimais pas. Vous savez, monsieur, combien il est dangereux pour une femme acariâtre d'être l'épouse d'un médecin. Celui-ci, outré des procédés de sa femme, lui donna un jour, pour la guérir d'un petit rhume, une médecine si efficace qu'elle en mourut en deux heures de temps dans des convulsions hor-

ribles. Les parents de madame intentèrent à monsieur un procès criminel ; il prit la fuite, et moi, je fus mise en prison. Mon innocence ne m'aurait pas sauvée si je n'avais été un peu jolie. Le juge m'élargit, à condition qu'il succéderait au médecin. Je fus bientôt supplantée par une rivale, chassée sans récompense, et obligée de continuer ce métier abominable qui vous paraît si plaisant à vous autres hommes, et qui n'est pour nous qu'un abîme de misère. J'allai exercer la profession à Venise. Ah ! monsieur, si vous pouviez vous imaginer ce que c'est que d'être obligée de caresser indifféremment un vieux marchand, un avocat, un moine, un gondolier, un abbé ; d'être exposée à toutes les insultes, à toutes les avanies ; d'être souvent réduite à emprunter une jupe pour aller se la faire lever par un homme dégoûtant ; d'être volée par l'un de ce qu'on a gagné avec l'autre ; d'être rançonnée par les officiers de justice, et de n'avoir en perspective qu'une vieillesse affreuse, un hôpital, et un fumier, vous concluriez que je suis une des plus malheureuses créatures du monde. »

Paquette ouvrait ainsi son cœur au bon Candide, dans un cabinet, en présence de Martin, qui disait à Candide : « Vous voyez que j'ai déjà gagné la moitié de la gageure. »

Frère Giroflée était resté dans la salle à manger, et buvait un coup en attendant le dîner. « Mais, dit Candide à Paquette, vous aviez l'air si gai, si content, quand je vous ai rencontrée ; vous chantiez, vous caressiez le théatin avec une complaisance naturelle ; vous m'avez paru aussi heureuse que vous prétendez être infortunée. – Ah ! monsieur, répondit Paquette, c'est encore là une des misères du métier. J'ai été hier volée et battue par un officier, et il faut aujourd'hui que je paraisse de bonne humeur pour plaire à un moine. »

Candide n'en voulut pas davantage ; il avoua que Martin avait raison. On se mit à table avec Paquette et le théatin ; le repas fut assez amusant, et sur la fin on se parla avec quelque confiance. « Mon père, dit Candide au moine, vous me paraissez jouir d'une destinée que tout le monde doit envier ; la fleur de la santé brille sur votre visage, votre physionomie annonce le bonheur ; vous avez une très jolie fille pour votre récréation, et vous paraissez très content de votre état de théatin.

– Ma foi, monsieur, dit frère Giroflée, je voudrais que tous les théatins fussent au fond de la mer. J'ai été tenté cent fois de mettre le feu au couvent, et d'aller me faire turc. Mes parents me forcèrent, à l'âge de quinze ans, d'endosser cette détestable robe, pour laisser plus de fortune à un maudit frère aîné que Dieu confonde ! La jalousie, la discorde, la rage, habitent dans le couvent. Il est vrai que j'ai prêché quelques mauvais sermons qui m'ont valu un peu d'argent dont le prieur me vole la moitié : le reste me sert à entretenir des filles ; mais quand je rentre le soir dans le monastère, je suis prêt de me casser la tête contre les murs du dortoir ; et tous mes confrères sont dans le même cas. »

Martin se tournant vers Candide avec son sang-froid ordinaire : « Eh bien ! lui dit-il, n'ai-je pas gagné la gageure tout entière ? » Candide donna deux mille piastres à Paquette et mille piastres à frère Giroflée. « Je vous réponds, dit-il, qu'avec cela ils seront heureux. – Je n'en crois rien du tout, dit Martin ; vous les rendrez peut-être avec ces piastres beaucoup plus malheureux encore. – Il en sera ce qui pourra, dit Candide ; mais une chose me console, je vois qu'on retrouve souvent les gens qu'on ne croyait jamais retrouver : il se pourra bien faire qu'ayant rencontré mon mouton rouge et Paquette, je rencontre aussi Cunégonde. – Je souhaite, dit Martin, qu'elle fasse un jour votre bonheur ; mais c'est de quoi je doute fort. – Vous êtes bien dur, dit Candide. – C'est que j'ai vécu, dit Martin.

– Mais regardez ces gondoliers, dit Candide ; ne chantent-ils pas sans cesse ? – Vous ne les voyez pas dans leur ménage, avec leurs femmes et leurs marmots d'enfants, dit Martin. Le doge a ses chagrins, les gondoliers ont les leurs. Il est vrai qu'à tout prendre le sort d'un gondolier est préférable à celui d'un doge ; mais je crois la différence si médiocre que cela ne vaut pas la peine d'être examiné.

– On parle, dit Candide, du sénateur Pococuranté, qui demeure dans ce beau palais sur la Brenta, et qui reçoit assez bien les étrangers. On prétend que c'est un homme qui n'a jamais eu de chagrin. – Je voudrais voir une espèce si rare », dit Martin. Candide aussitôt fit demander au seigneur Pococuranté la permission de venir le voir le lendemain.

Candide et Martin allèrent en gondole sur la Brenta, et arrivèrent au palais du noble Pococuranté. Les jardins étaient bien entendus, et ornés de belles statues de marbre ; le palais, d'une belle architecture. Le maître du logis, homme de soixante ans, fort riche, reçut très poliment les deux curieux, mais avec très peu d'empressement, ce qui déconcerta Candide et ne déplut point à Martin.

D'abord deux filles jolies et proprement mises servirent du chocolat, qu'elles firent très bien mousser. Candide ne put s'empêcher de les louer sur leur beauté, sur leur bonne grâce, et sur leur adresse. « Ce sont d'assez bonnes créatures, dit le sénateur Pococuranté ; je les fais quelquefois coucher dans mon lit : car je suis bien las des dames de la ville, de leurs coquetteries, de leurs jalousies, de leurs querelles, de leurs humeurs, de leurs petitesses, de leur orgueil, de leurs sottises, et des sonnets qu'il faut faire ou commander pour elles ; mais, après tout, ces deux filles commencent fort à m'ennuyer. »

Candide, après le déjeuner, se promenant dans une longue galerie, fut surpris de la beauté des tableaux. Il demanda de quel maître étaient les deux premiers. « Ils sont de Raphaël, dit le sénateur ; je les achetai fort cher par vanité, il y a quelques années ; on dit que c'est ce qu'il y a de plus beau en Italie, mais ils ne me plaisent point du tout : la couleur en est très rembrunie, les figures ne sont pas assez arrondies, et ne sortent point assez ; les draperies ne ressemblent en rien à une étoffe : en un mot, quoi qu'on en dise, je ne trouve point là une imitation vraie de la nature. Je n'aimerai un tableau que quand je croirai voir la nature elle-même : il n'y en a point de cette espèce. J'ai beaucoup de tableaux, mais je ne les regarde plus. »

Pococuranté, en attendant le dîner, se fit donner un concerto. Candide trouva la musique délicieuse. « Ce bruit, dit Pococuranté, peut amuser une demi-heure ; mais s'il dure plus longtemps, il fatigue tout le monde, quoique personne n'ose l'avouer. La musique aujourd'hui n'est plus que

l'art d'exécuter des choses difficiles, et ce qui n'est que difficile ne plaît point à la longue.

« J'aimerais peut-être mieux l'opéra, si on n'avait pas trouvé le secret d'en faire un monstre qui me révolte. Ira voir qui voudra de mauvaises tragédies en musique, où les scènes ne sont faites que pour amener très mal à propos deux ou trois chansons ridicules qui font valoir le gosier d'une actrice ; se pâmera de plaisir qui voudra ou qui pourra en voyant un châtré fredonner le rôle de César et de Caton, et se promener d'un air gauche sur des planches ; pour moi, il y a longtemps que j'ai renoncé à ces pauvretés, qui font aujourd'hui la gloire de l'Italie, et que des souverains payent si chèrement. » Candide disputa un peu, mais avec discrétion. Martin fut entièrement de l'avis du sénateur.

On se mit à table ; et, après un excellent dîner, on entra dans la bibliothèque. Candide, en voyant un Homère magnifiquement relié, loua l'illustrissime sur son bon goût. « Voilà, dit-il, un livre qui faisait les délices du grand Pangloss, le meilleur philosophe de l'Allemagne. – Il ne fait pas les miennes, dit froidement Pococuranté ; on me fit accroire autrefois que j'avais du plaisir en le lisant ; mais cette répétition continuelle de combats qui se ressemblent tous, ces dieux qui agissent toujours pour ne rien faire de décisif, cette Hélène qui est le sujet de la guerre, et qui à peine est une actrice de la pièce ; cette Troie qu'on assiège, et qu'on ne prend point : tout cela me causait le plus mortel ennui. J'ai demandé quelquefois à des savants s'ils s'ennuyaient autant que moi à cette lecture : tous les gens sincères m'ont avoué que le livre leur tombait des mains, mais qu'il fallait toujours l'avoir dans sa bibliothèque, comme un monument de l'antiquité, et comme ces médailles rouillées qui ne peuvent être de commerce.

– Votre Excellence ne pense pas ainsi de Virgile ? dit Candide. – Je conviens, dit Pococuranté, que le second, le quatrième et le sixième livre de son *Énéide*, sont excellents ; mais pour son pieux Énée, et le fort Cloanthe, et l'ami Achates, et le petit Ascanius, et l'imbécile roi Latinus, et la bourgeoise Amata, et l'insipide Lavinia, je ne crois pas qu'il y ait rien de si froid et de plus désagréable. J'aime mieux le Tasse et les contes à dormir debout de l'Arioste.

– Oserais-je vous demander, monsieur, dit Candide, si vous n'avez pas un grand plaisir à lire Horace ? – Il y a des maximes, dit Pococuranté, dont un homme du monde peut faire son profit, et qui, étant resserrées dans des vers énergiques, se gravent plus aisément dans la mémoire ; mais je me soucie fort peu de son voyage à Brindes, et de sa description d'un mauvais dîner, et de la querelle de crocheteurs entre je ne sais quel Pupilus dont les paroles, dit-il, *étaient pleines de pus*, et un autre dont les paroles *étaient du vinaigre*. Je n'ai lu qu'avec un extrême dégoût ses vers grossiers contre des vieilles et contre des sorcières ; et je ne vois pas quel mérite il peut y avoir à dire à son ami Mecenas, que, s'il est mis par lui au rang des poètes lyriques, il frappera les astres de son front sublime. Les sots admirent tout dans un auteur estimé. Je ne lis que pour moi ; je n'aime que ce qui est à mon usage. » Candide, qui avait été élevé à ne jamais juger de rien par lui-même, était fort étonné de ce qu'il entendait ; et Martin trouvait la façon de penser de Pococuranté assez raisonnable.

« Oh ! voici un Cicéron, dit Candide ; pour ce grand homme-là, je pense que vous ne vous lassez point de le lire ? – Je ne le lis jamais, répondit le Vénitien. Que m'importe qu'il ait plaidé pour Rabirius ou pour Cluentius ? J'ai bien assez des procès que je juge ; je me serais mieux accommodé de ses œuvres philosophiques ; mais quand j'ai vu qu'il doutait de tout, j'ai conclu que j'en savais autant que lui, et que je n'avais besoin de personne pour être ignorant.

– Ah ! voilà quatre-vingts volumes de recueils d'une académie des sciences, s'écria Martin ; il se peut qu'il y ait là du bon. – Il y en aurait, dit Pococuranté, si un seul des auteurs de ces fatras avait inventé seulement l'art de faire des épingles ; mais il n'y a dans tous ces livres que de vains systèmes, et pas une seule chose utile.

– Que de pièces de théâtre je vois là, dit Candide, en italien, en espagnol, en français ! – Oui, dit le sénateur, il y en a trois mille, et pas trois douzaines de bonnes. Pour ces recueils de sermons, qui tous ensemble ne valent pas une page de Sénèque, et tous ces gros volumes de théologie, vous pensez bien que je ne les ouvre jamais, ni moi, ni personne. »

Martin aperçut des rayons chargés de livres anglais. « Je crois, dit-il, qu'un républicain doit se plaire à la plupart de ces ouvrages écrits si librement. – Oui, répondit Pococuranté ; il est beau d'écrire ce qu'on pense : c'est le privilège de l'homme. Dans toute notre Italie, on n'écrit que ce qu'on ne pense pas ; ceux qui habitent la patrie des Césars et des Antonins n'osent avoir une idée sans la permission d'un jacobin. Je serais content de la liberté qui inspire les génies anglais si la passion et l'esprit de parti ne corrompaient pas tout ce que cette précieuse liberté a d'estimable. »

Candide, apercevant un Milton, lui demanda s'il ne regardait pas cet auteur comme un grand homme. « Qui ? dit Pococuranté, ce barbare qui fait un long commentaire du premier chapitre de la *Genèse* en dix livres de vers durs ? ce grossier imitateur des Grecs, qui défigure la création, et qui, tandis que Moïse représente l'Être éternel produisant le monde par la parole, fait prendre un grand compas par le Messiah dans une armoire du ciel pour tracer son ouvrage ? Moi, j'estimerais celui qui a gâté l'enfer et le diable du Tasse ; qui déguise Lucifer tantôt en crapaud, tantôt en pygmée ; qui lui fait rebattre cent fois les mêmes discours ; qui le fait disputer sur la théologie ; qui, en imitant sérieusement l'invention comique des armes à feu de l'Arioste, fait tirer le canon dans le ciel par les diables ? Ni moi, ni personne en Italie n'a pu se plaire à toutes ces tristes extravagances. Le mariage du péché et de la mort, et les couleuvres dont le péché accouche, font vomir tout homme qui a le goût un peu délicat ; et sa longue description d'un hôpital n'est bonne que pour un fossoyeur. Ce poème obscur, bizarre et dégoûtant, fut méprisé à sa naissance ; je le traite aujourd'hui comme il fut traité dans sa patrie par les contemporains. Au reste, je dis ce que je pense, et je me soucie fort peu que les autres pensent comme moi. » Candide était affligé de ces discours ; il respectait Homère, il aimait un peu Milton. « Hélas ! dit-il tout bas à Martin, j'ai bien peur que cet homme-ci n'ait un souverain mépris pour nos poètes allemands. – Il n'y aurait pas grand mal à cela, dit Martin. – Oh ! quel homme supérieur ! disait encore Candide entre ses dents, quel grand génie que ce Pococuranté ! rien ne peut lui plaire. »

Après avoir fait ainsi la revue de tous les livres, ils descendirent dans le jardin. Candide en loua toutes les beautés. « Je ne sais rien de si mauvais goût, dit le maître : nous n'avons ici que des colifichets, mais je vais dès demain en faire planter un d'un dessin plus noble. »

Quand les deux curieux eurent pris congé de Son Excellence : « Or ça, dit Candide à Martin, vous conviendrez que voilà le plus heureux de tous les hommes, car il est au-dessus de tout ce qu'il possède. – Ne voyez-vous pas, dit Martin, qu'il est dégoûté de tout ce qu'il possède ? Platon a dit, il y a longtemps, que les meilleurs estomacs ne sont pas ceux qui rebutent tous les aliments. – Mais, dit Candide, n'y a-t-il pas du plaisir à tout critiquer, à sentir des défauts où les autres hommes croient voir des beautés ? – C'est-à-dire, reprit Martin, qu'il y a du plaisir à n'avoir pas de plaisir ? – Oh bien ! dit Candide, il n'y a donc d'heureux que moi, quand je reverrai mademoiselle Cunégonde. – C'est toujours bien fait d'espérer », dit Martin.

Cependant les jours, les semaines s'écoulaient ; Cacambo ne revenait point, et Candide était si abîmé dans sa douleur qu'il ne fit pas même réflexion que Paquette et frère Giroflée n'étaient pas venus seulement le remercier.

CHAPITRE VINGT-SIXIÈME

D'UN SOUPER QUE CANDIDE ET MARTIN
FIRENT AVEC SIX ÉTRANGERS,
ET QUI ILS ÉTAIENT

Un soir que Candide, suivi de Martin, allait se mettre à table avec les étrangers qui logeaient dans la même hôtellerie, un homme à visage couleur de suie l'aborda parderrière, et, le prenant par le bras, lui dit : « Soyez prêt à partir avec nous, n'y manquez pas. » Il se retourne, et voit Cacambo. Il n'y avait que la vue de Cunégonde qui pût l'étonner et lui plaire davantage. Il fut sur le point de devenir fou de joie. Il embrasse son cher ami. « Cunégonde est ici, sans doute ? Où est-elle ? Mène-moi vers elle, que je meure de joie avec elle. – Cunégonde n'est point ici, dit Cacambo, elle est à Constantinople. – Ah ciel ! à Constantinople ! mais fût-elle à la Chine, j'y vole, partons. – Nous par-

tirons après souper, reprit Cacambo ; je ne peux vous en dire davantage ; je suis esclave, mon maître m'attend ; il faut que j'aille le servir à table : ne dites mot ; soupez, et tenez-vous prêt. »

Candide, partagé entre la joie et la douleur, charmé d'avoir revu son agent fidèle, étonné de le voir esclave, plein de l'idée de retrouver sa maîtresse, le cœur agité, l'esprit bouleversé, se mit à table avec Martin, qui voyait de sang-froid toutes ces aventures, et avec six étrangers qui étaient venus passer le carnaval à Venise.

Cacambo, qui versait à boire à l'un de ces étrangers, s'approcha de l'oreille de son maître, sur la fin du repas, et lui dit : « Sire, Votre Majesté partira quand elle voudra, le vaisseau est prêt. » Ayant dit ces mots, il sortit. Les convives, étonnés, se regardaient sans proférer une seule parole, lorsqu'un autre domestique, s'approchant de son maître, lui dit : « Sire, la chaise de Votre Majesté est à Padoue, et la barque est prête. » Le maître fit un signe, et le domestique partit. Tous les convives se regardèrent encore, et la surprise commune redoubla. Un troisième valet, s'approchant aussi d'un troisième étranger, lui dit : « Sire, croyez-moi, Votre Majesté ne doit pas rester ici plus longtemps : je vais tout préparer » ; et aussitôt il disparut.

Candide et Martin ne doutèrent pas alors que ce ne fût une mascarade du carnaval. Un quatrième domestique dit au quatrième maître : « Votre Majesté partira quand elle voudra », et sortit comme les autres. Le cinquième valet en dit autant au cinquième maître. Mais le sixième valet parla différemment au sixième étranger, qui était auprès de Candide ; il lui dit : « Ma foi, sire, on ne veut plus faire crédit à Votre Majesté ni à moi non plus, et nous pourrions bien être coffrés cette nuit, vous et moi ; je vais pourvoir à mes affaires, adieu. »

Tous les domestiques ayant disparu, les six étrangers, Candide et Martin, demeurèrent dans un profond silence. Enfin Candide le rompit : « Messieurs, dit-il, voilà une singulière plaisanterie. Pourquoi êtes-vous tous rois ? Pour moi, je vous avoue que ni moi ni Martin nous ne le sommes. »

Le maître de Cacambo prit alors gravement la parole, et dit en italien : « Je ne suis point plaisant, je m'appelle Achmet III ; j'ai été grand sultan plusieurs années ; je détrônai mon frère ; mon neveu m'a détrôné ; on a coupé le cou à mes vizirs ; j'achève ma vie dans le vieux sérail ; mon neveu le grand sultan Mahmoud me permet de voyager quelquefois pour ma santé ; et je suis venu passer le carnaval à Venise. »

Un jeune homme qui était auprès d'Achmet parla après lui, et dit : « Je m'appelle Ivan ; j'ai été empereur de toutes les Russies ; j'ai été détrôné au berceau ; mon père et ma mère ont été enfermés ; on m'a élevé en prison ; j'ai quelquefois la permission de voyager, accompagné de ceux qui me gardent ; et je suis venu passer le carnaval à Venise. »

Le troisième dit : « Je suis Charles-Édouard, roi d'Angleterre ; mon père m'a cédé ses droits au royaume ; j'ai combattu pour les soutenir ; on a arraché le cœur à huit cents de mes partisans, et on leur en a battu les joues ; j'ai été mis en prison ; je vais à Rome faire une visite au roi mon père, détrôné ainsi que moi et mon grand-père ; et je suis venu passer le carnaval à Venise. »

Le quatrième prit alors la parole et dit : « Je suis roi des Polaques ; le sort de la guerre m'a privé de mes États héréditaires ; mon père a éprouvé les mêmes revers ; je me résigne à la Providence comme le sultan Achmet, l'empereur Ivan, et le roi Charles-Édouard, à qui Dieu donne une longue vie ; et je suis venu passer le carnaval à Venise. »

Le cinquième dit : « Je suis aussi roi des Polaques ; j'ai perdu mon royaume deux fois ; mais la Providence m'a donné un autre État dans lequel j'ai fait plus de bien que tous les rois des Sarmates ensemble n'en ont jamais pu faire sur les bords de la Vistule. Je me résigne aussi à la Providence ; et je suis venu passer le carnaval à Venise. »

Il restait au sixième monarque à parler. « Messieurs, dit-il, je ne suis pas si grand seigneur que vous ; mais enfin j'ai été roi tout comme un autre ; je suis Théodore ; on m'a élu roi en Corse ; on m'a appelé *Votre Majesté*, et à présent à

peine m'appelle-t-on *Monsieur*; j'ai fait frapper de la monnaie, et je ne possède pas un denier; j'ai eu deux secrétaires d'État, et j'ai à peine un valet; je me suis vu sur un trône, et j'ai longtemps été à Londres en prison sur la paille; j'ai bien peur d'être traité de même ici, quoique je sois venu, comme Vos Majestés, passer le carnaval à Venise. »

Les cinq autres rois écoutèrent ce discours avec une noble compassion. Chacun d'eux donna vingt sequins au roi Théodore pour avoir des habits et des chemises; Candide lui fit présent d'un diamant de deux mille sequins. « Quel est donc, disaient les cinq rois, ce simple particulier qui est en état de donner cent fois autant que chacun de nous, et qui le donne ? »

Dans l'instant qu'on sortait de table, il arriva dans la même hôtellerie quatre altesses sérénissimes qui avaient aussi perdu leurs États par le sort de la guerre, et qui venaient passer le reste du carnaval à Venise. Mais Candide ne prit pas seulement garde à ces nouveaux venus. Il n'était occupé que d'aller trouver sa chère Cunégonde à Constantinople.

CHAPITRE VINGT-SEPTIÈME

VOYAGE DE CANDIDE À CONSTANTINOPLE

Le fidèle Cacambo avait déjà obtenu du patron turc qui allait reconduire le sultan Achmet à Constantinople qu'il recevrait Candide et Martin sur son bord. L'un et l'autre s'y rendirent après s'être prosternés devant Sa misérable Hautesse. Candide, chemin faisant, disait à Martin: « Voilà pourtant six rois détrônés avec qui nous avons soupé ! et encore dans ces six rois il y en a un à qui j'ai fait l'aumône. Peut-être y a-t-il beaucoup d'autres princes plus infortunés. Pour moi, je n'ai perdu que cent moutons, et je vole dans les bras de Cunégonde. Mon cher Martin, encore une fois, Pangloss avait raison, tout est bien. – Je le souhaite, dit Martin.

– Mais, dit Candide, voilà une aventure bien peu vraisemblable que nous avons eue à Venise. On n'avait jamais vu ni ouï conter que six rois détrônés soupassent ensemble au cabaret. – Cela n'est pas plus extraordinaire, dit Martin, que la plupart des choses qui nous sont arrivées. Il est très commun que des rois soient détrônés ; et à l'égard de l'honneur que nous avons eu de souper avec eux, c'est une bagatelle qui ne mérite pas notre attention. »

À peine Candide fut-il dans le vaisseau qu'il sauta au cou de son ancien valet, de son ami Cacambo. « Eh bien ! lui dit-il, que fait Cunégonde ? Est-elle toujours un prodige de beauté ? M'aime-t-elle toujours ? Comment se porte-t-elle ? Tu lui as sans doute acheté un palais à Constantinople ?

– Mon cher maître, répondit Cacambo, Cunégonde lave les écuelles sur le bord de la Propontide, chez un prince qui a très peu d'écuelles ; elle est esclave dans la maison d'un ancien souverain, nommé Ragotski, à qui le Grand Turc donne trois écus par jour dans son asile ; mais, ce qui est bien plus triste, c'est qu'elle a perdu sa beauté, et qu'elle est devenue horriblement laide. – Ah ! belle ou laide, dit Candide, je suis honnête homme, et mon devoir est de l'aimer toujours. Mais comment peut-elle être réduite à un état si abject avec les cinq ou six millions que tu avais apportés ? – Bon, dit Cacambo, ne m'en a-t-il pas fallu donner deux millions au señor don Fernando d'Ibaraa, y Figueora, y Mascarenes, y Lampourdos, y Souza, gouverneur de Buenos-Ayres, pour avoir la permission de reprendre mademoiselle Cunégonde ? Et un pirate ne nous a-t-il pas bravement dépouillés de tout le reste ? Ce pirate ne nous a-t-il pas menés au cap de Matapan, à Milo, à Nicarie, à Samos, à Petra, aux Dardanelles, à Marmora, à Scutari ? Cunégonde et la vieille servent chez ce prince dont je vous ai parlé, et moi, je suis esclave du sultan détrôné. – Que d'épouvantables calamités enchaînées les unes aux autres ! dit Candide. Mais, après tout, j'ai encore quelques diamants ; je délivrerai aisément Cunégonde. C'est bien dommage qu'elle soit devenue si laide. »

Ensuite, se tournant vers Martin : « Que pensez-vous, dit-il, qui soit le plus à plaindre, de l'empereur Achmet, de l'empereur Ivan, du roi Charles-Édouard, ou de moi ? – Je n'en sais rien, dit Martin ; il faudrait que je fusse dans vos cœurs pour le savoir. – Ah ! dit Candide, si Pangloss était ici, il le saurait, et nous l'apprendrait. – Je ne sais, dit Martin, avec quelles balances votre Pangloss aurait pu peser les infortunes des hommes, et apprécier leurs douleurs. Tout ce que je présume, c'est qu'il y a des millions d'hommes sur la terre cent fois plus à plaindre que le roi Charles-Édouard, l'empereur Ivan, et le sultan Achmet. – Cela pourrait bien être », dit Candide.

On arriva en peu de jours sur le canal de la mer Noire. Candide commença par racheter Cacambo fort cher ; et, sans perdre de temps, il se jeta dans une galère, avec ses compagnons, pour aller sur le rivage de la Propontide chercher Cunégonde, quelque laide qu'elle pût être.

Il y avait dans la chiourme deux forçats qui ramaient fort mal, et à qui le levanti patron appliquait de temps en temps quelques coups de nerf de bœuf sur leurs épaules nues ; Candide, par un mouvement naturel, les regarda plus attentivement que les autres galériens, et s'approcha d'eux avec pitié. Quelques traits de leurs visages défigurés lui parurent avoir un peu de ressemblance avec Pangloss et avec ce malheureux jésuite, ce baron, ce frère de mademoiselle Cunégonde. Cette idée l'émut et l'attrista. Il les considéra encore plus attentivement. « En vérité, dit-il à Cacambo, si je n'avais pas vu pendre maître Pangloss, et si je n'avais pas eu le malheur de tuer le baron, je croirais que ce sont eux qui rament dans cette galère. »

Au nom du baron et de Pangloss les deux forçats poussèrent un grand cri, s'arrêtèrent sur leur banc, et laissèrent tomber leurs rames. Le levanti patron accourait sur eux, et les coups de nerf de bœuf redoublaient. « Arrêtez ! arrêtez ! seigneur, s'écria Candide ; je vous donnerai tant d'argent que vous voudrez. – Quoi ! c'est Candide ! disait l'un des forçats. – Quoi ! c'est Candide ! disait l'autre. – Est-ce un

songe? dit Candide; veillé-je? suis-je dans cette galère? Est-ce là monsieur le baron, que j'ai tué? Est-ce là maître Pangloss, que j'ai vu pendre? – C'est nous-mêmes, c'est nous-mêmes, répondaient-ils. – Quoi! c'est là ce grand philosophe? disait Martin. – Eh! monsieur le levanti patron, dit Candide, combien voulez-vous d'argent pour la rançon de monsieur de Thunder-ten-tronckh, un des premiers barons de l'Empire, et de monsieur Pangloss, le plus profond métaphysicien d'Allemagne? – Chien de chrétien, répondit le levanti patron, puisque ces deux chiens de forçats chrétiens sont des barons et des métaphysiciens, ce qui est sans doute une grande dignité dans leur pays, tu m'en donneras cinquante mille sequins. – Vous les aurez, monsieur; remenez-moi comme un éclair à Constantinople, et vous serez payé sur-le-champ. Mais non, menez-moi chez mademoiselle Cunégonde. » Le levanti patron, sur la première offre de Candide, avait déjà tourné la proue vers la ville, et il faisait ramer plus vite qu'un oiseau ne fend les airs.

Candide embrassa cent fois le baron et Pangloss. « Et comment ne vous ai-je pas tué, mon cher baron? et mon cher Pangloss, comment êtes-vous en vie après avoir été pendu? et pourquoi êtes-vous tous deux aux galères en Turquie? – Est-il bien vrai que ma chère sœur soit dans ce pays? disait le baron. – Oui, répondait Cacambo. – Je revois donc mon cher Candide », s'écriait Pangloss. Candide leur présentait Martin et Cacambo. Ils s'embrassaient tous; ils parlaient tous à la fois. La galère volait, ils étaient déjà dans le port. On fit venir un juif, à qui Candide vendit pour cinquante mille sequins un diamant de la valeur de cent mille, et qui lui jura par Abraham qu'il n'en pouvait donner davantage. Il paya incontinent la rançon du baron et de Pangloss. Celui-ci se jeta aux pieds de son libérateur, et les baigna de larmes; l'autre le remercia par un signe de tête, et lui promit de lui rendre cet argent à la première occasion. « Mais est-il bien possible que ma sœur soit en Turquie? disait-il. – Rien n'est si possible, reprit Cacambo, puisqu'elle

écure la vaisselle chez un prince de Transylvanie. » On fit aussitôt venir deux juifs : Candide vendit encore des diamants ; et ils repartirent tous dans une autre galère pour aller délivrer Cunégonde.

CHAPITRE VINGT-HUITIÈME

CE QUI ARRIVA À CANDIDE, À CUNÉGONDE, À PANGLOSS, À MARTIN, ETC.

« Pardon, encore une fois, dit Candide au baron ; pardon, mon révérend père, de vous avoir donné un grand coup d'épée au travers du corps. – N'en parlons plus, dit le baron ; je fus un peu trop vif, je l'avoue ; mais puisque vous voulez savoir par quel hasard vous m'avez vu aux galères, je vous dirai qu'après avoir été guéri de ma blessure par le frère apothicaire du collège, je fus attaqué et enlevé par un parti espagnol ; on me mit en prison à Buenos-Ayres dans le temps que ma sœur venait d'en partir. Je demandai à retourner à Rome auprès du père général. Je fus nommé pour aller servir d'aumônier à Constantinople auprès de monsieur l'ambassadeur de France. Il n'y avait pas huit jours que j'étais entré en fonction, quand je trouvai sur le soir un jeune icoglan très bien fait. Il faisait fort chaud : le jeune homme voulut se baigner ; je pris cette occasion de me baigner aussi. Je ne savais pas que ce fût un crime capital pour un chrétien d'être trouvé tout nu avec un jeune musulman. Un cadi me fit donner cent coups de bâton sous la plante des pieds, et me condamna aux galères. Je ne crois pas qu'on ait fait une plus horrible injustice. Mais je voudrais bien savoir pourquoi ma sœur est dans la cuisine d'un souverain de Transylvanie réfugié chez les Turcs.

– Mais vous, mon cher Pangloss, dit Candide, comment se peut-il que je vous revoie ? – Il est vrai, dit Pangloss, que vous m'avez vu pendre ; je devais naturellement être brûlé : mais vous vous souvenez qu'il plut à verse lorsqu'on allait

me cuire : l'orage fut si violent qu'on désespéra d'allumer le feu ; je fus pendu, parce qu'on ne put mieux faire : un chirurgien acheta mon corps, m'emporta chez lui, et me disséqua. Il me fit d'abord une incision cruciale depuis le nombril jusqu'à la clavicule. On ne pouvait pas avoir été plus mal pendu que je l'avais été. L'exécuteur des hautes œuvres de la sainte Inquisition, lequel était sous-diacre, brûlait à la vérité les gens à merveille, mais il n'était pas accoutumé à pendre : la corde était mouillée et glissa mal, elle fut nouée ; enfin je respirais encore : l'incision cruciale me fit jeter un si grand cri que mon chirurgien tomba à la renverse ; et, croyant qu'il disséquait le diable, il s'enfuit en mourant de peur, et tomba encore sur l'escalier en fuyant. Sa femme accourut au bruit, d'un cabinet voisin : elle me vit sur la table étendu avec mon incision cruciale ; elle eut encore plus de peur que son mari, s'enfuit, et tomba sur lui. Quand ils furent un peu revenus à eux, j'entendis la chirurgienne qui disait au chirurgien : « Mon bon, de quoi vous avisez-vous de disséquer un hérétique ? Ne savez-vous pas que le diable est toujours dans le corps de ces gens-là ? Je vais vite chercher un prêtre pour l'exorciser. » Je frémis à ce propos, et je ramassai le peu de forces qui me restaient pour crier : « Ayez pitié de moi ! » Enfin le barbier portugais s'enhardit : il recousit ma peau ; sa femme même eut soin de moi ; je fus sur pied au bout de quinze jours. Le barbier me trouva une condition, et me fit laquais d'un chevalier de Malte qui allait à Venise ; mais mon maître n'ayant pas de quoi me payer, je me mis au service d'un marchand vénitien, et je le suivis à Constantinople.

« Un jour il me prit fantaisie d'entrer dans une mosquée ; il n'y avait qu'un vieux iman et une jeune dévote très jolie qui disait ses patenôtres ; sa gorge était toute découverte : elle avait entre ses deux tétons un beau bouquet de tulipes, de roses, d'anémones, de renoncules, d'hyacinthes, et d'oreilles d'ours ; elle laissa tomber son bouquet ; je le ramassai, et je le lui remis avec un empressement très respectueux. Je fus si longtemps à le lui remettre que l'iman se

mit en colère, et, voyant que j'étais chrétien, il cria à l'aide. On me mena chez le cadi, qui me fit donner cent coups de latte sur la plante des pieds, et m'envoya aux galères. Je fus enchaîné précisément dans la même galère et au même banc que monsieur le baron. Il y avait dans cette galère quatre jeunes gens de Marseille, cinq prêtres napolitains, et deux moines de Corfou, qui nous dirent que de pareilles aventures arrivaient tous les jours. Monsieur le baron prétendait qu'il avait essuyé une plus grande injustice que moi ; je prétendais, moi, qu'il était beaucoup plus permis de remettre un bouquet sur la gorge d'une femme que d'être tout nu avec un icoglan. Nous disputions sans cesse, et nous recevions vingt coups de nerf de bœuf par jour, lorsque l'enchaînement des événements de cet univers vous a conduit dans notre galère, et que vous nous avez rachetés.

– Eh bien ! mon cher Pangloss, lui dit Candide, quand vous avez été pendu, disséqué, roué de coups, et que vous avez ramé aux galères, avez-vous toujours pensé que tout allait le mieux du monde ? – Je suis toujours de mon premier sentiment, répondit Pangloss ; car enfin je suis philosophe : il ne me convient pas de me dédire, Leibnitz ne pouvant pas avoir tort, et l'harmonie préétablie étant d'ailleurs la plus belle chose du monde, aussi bien que le plein et la matière subtile. »

CHAPITRE VINGT-NEUVIÈME

COMMENT CANDIDE RETROUVA CUNÉGONDE ET LA VIEILLE

Pendant que Candide, le baron, Pangloss, Martin, et Cacambo, contaient leurs aventures, qu'ils raisonnaient sur les événements contingents ou non contingents de cet univers, qu'ils disputaient sur les effets et les causes, sur le mal moral et sur le mal physique, sur la liberté et la nécessité, sur les consolations que l'on peut éprouver lorsqu'on est aux galères en Turquie, ils abordèrent sur le rivage de la

Propontide, à la maison du prince de Transylvanie. Les premiers objets qui se présentèrent furent Cunégonde et la vieille, qui étendaient des serviettes sur des ficelles pour les faire sécher.

Le baron pâlit à cette vue. Le tendre amant Candide, en voyant sa belle Cunégonde rembrunie, les yeux éraillés, la gorge sèche, les joues ridées, les bras rouges et écaillés, recula trois pas, saisi d'horreur, et avança ensuite par bon procédé. Elle embrassa Candide et son frère ; on embrassa la vieille : Candide les racheta toutes deux.

Il y avait une petite métairie dans le voisinage ; la vieille proposa à Candide de s'en accommoder, en attendant que toute la troupe eût une meilleure destinée. Cunégonde ne savait pas qu'elle était enlaidie, personne ne l'en avait avertie : elle fit souvenir Candide de ses promesses avec un ton si absolu que le bon Candide n'osa pas la refuser. Il signifia donc au baron qu'il allait se marier avec sa sœur. « Je ne souffrirai jamais, dit le baron, une telle bassesse de sa part, et une telle insolence de la vôtre ; cette infamie ne me sera jamais reprochée : les enfants de ma sœur ne pourraient entrer dans les chapitres d'Allemagne. Non, jamais ma sœur n'épousera qu'un baron de l'Empire. » Cunégonde se jeta à ses pieds, et les baigna de larmes ; il fut inflexible. « Maître fou, lui dit Candide, je t'ai réchappé des galères, j'ai payé ta rançon, j'ai payé celle de ta sœur ; elle lavait ici des écuelles, elle est laide, j'ai la bonté d'en faire ma femme ; et tu prétends encore t'y opposer ! Je te retuerais si j'en croyais ma colère. – Tu peux me tuer encore, dit le baron, mais tu n'épouseras pas ma sœur de mon vivant. »

CHAPITRE TRENTIÈME

CONCLUSION

Candide, dans le fond de son cœur, n'avait aucune envie d'épouser Cunégonde ; mais l'impertinence extrême du baron le déterminait à conclure le mariage, et Cunégonde le pressait si vivement qu'il ne pouvait s'en dédire. Il consulta Pangloss, Martin, et le fidèle Cacambo. Pangloss fit un beau mémoire par lequel il prouvait que le baron n'avait nul droit sur sa sœur, et qu'elle pouvait, selon toutes les lois de l'Empire, épouser Candide de la main gauche. Martin conclut à jeter le baron dans la mer ; Cacambo décida qu'il fallait le rendre au levanti patron, et le remettre aux galères, après quoi on l'enverrait à Rome au père général par le premier vaisseau. L'avis fut trouvé fort bon ; la vieille l'approuva ; on n'en dit rien à sa sœur ; la chose fut exécutée pour quelque argent, et on eut le plaisir d'attraper un jésuite, et de punir l'orgueil d'un baron allemand.

Il était tout naturel d'imaginer qu'après tant de désastres Candide, marié avec sa maîtresse et vivant avec le philosophe Pangloss, le philosophe Martin, le prudent Cacambo, et la vieille, ayant d'ailleurs rapporté tant de diamants de la patrie des anciens Incas, mènerait la vie du monde la plus agréable ; mais il fut tant friponné par les juifs qu'il ne lui resta plus rien que sa petite métairie ; sa femme, devenant tous les jours plus laide, devint acariâtre et insupportable ; la vieille était infirme, et fut encore de plus mauvaise humeur que Cunégonde. Cacambo, qui travaillait au jardin, et qui allait vendre des légumes à Constantinople, était excédé de travail, et maudissait sa destinée. Pangloss était au désespoir de ne pas briller dans quelque université d'Allemagne. Pour Martin, il était fermement persuadé qu'on est également mal partout ; il prenait les choses en patience. Candide, Martin, et Pangloss, disputaient quelquefois de métaphysique et de morale. On voyait souvent passer sous les fenêtres de la métairie des bateaux chargés

d'effendis, de bachas, de cadis, qu'on envoyait en exil à Lemnos, à Mytilène, à Erzeroum ; on voyait venir d'autres cadis, d'autres bachas, d'autres effendis, qui prenaient la place des expulsés, et qui étaient expulsés à leur tour. On voyait des têtes proprement empaillées qu'on allait présenter à la Sublime-Porte. Ces spectacles faisaient redoubler les dissertations ; et quand on ne disputait pas, l'ennui était si excessif que la vieille osa un jour leur dire : « Je voudrais savoir lequel est le pire, ou d'être violée cent fois par des pirates nègres, d'avoir une fesse coupée, de passer par les baguettes chez les Bulgares, d'être fouetté et pendu dans un auto-da-fé, d'être disséqué, de ramer en galère, d'éprouver enfin toutes les misères par lesquelles nous avons tous passé, ou bien de rester ici à ne rien faire ? – C'est une grande question », dit Candide.

Ce discours fit naître de nouvelles réflexions, et Martin surtout conclut que l'homme était né pour vivre dans les convulsions de l'inquiétude, ou dans la léthargie de l'ennui. Candide n'en convenait pas, mais il n'assurait rien. Pangloss avouait qu'il avait toujours horriblement souffert ; mais ayant soutenu une fois que tout allait à merveille, il le soutenait toujours, et n'en croyait rien.

Une chose acheva de confirmer Martin dans ses détestables principes, de faire hésiter plus que jamais Candide, et d'embarrasser Pangloss. C'est qu'ils virent un jour aborder dans leur métairie Paquette et le frère Giroflée, qui étaient dans la plus extrême misère ; ils avaient bien vite mangé leurs trois mille piastres, s'étaient quittés, s'étaient raccommodés, s'étaient brouillés, avaient été mis en prison ; s'étaient enfuis, et enfin frère Giroflée s'était fait turc. Paquette continuait son métier partout, et n'y gagnait plus rien. « Je l'avais bien prévu, dit Martin à Candide, que vos présents seraient bientôt dissipés et ne les rendraient que plus misérables. Vous avez regorgé de millions de piastres, vous et Cacambo, et vous n'êtes pas plus heureux que frère Giroflée et Paquette. – Ah ! ah ! dit Pangloss à Paquette, le Ciel vous ramène donc ici parmi nous, ma pauvre enfant !

savez-vous bien que vous m'avez coûté le bout du nez, un œil, et une oreille ? Comme vous voilà faite ! eh ! qu'est-ce que ce monde ! » Cette nouvelle aventure les engagea à philosopher plus que jamais.

Il y avait dans le voisinage un derviche très fameux qui passait pour le meilleur philosophe de la Turquie ; ils allèrent le consulter ; Pangloss porta la parole, et lui dit : « Maître, nous venons vous prier de nous dire pourquoi un aussi étrange animal que l'homme a été formé. – De quoi te mêles-tu ? lui dit le derviche ; est-ce là ton affaire ? – Mais, mon révérend père, dit Candide, il y a horriblement de mal sur la terre. – Qu'importe, dit le derviche, qu'il y ait du mal ou du bien ? Quand Sa Hautesse envoie un vaisseau en Égypte, s'embarrasse-t-elle si les souris qui sont dans le vaisseau sont à leur aise ou non ? – Que faut-il donc faire ? dit Pangloss. – Te taire, dit le derviche. – Je me flattais, dit Pangloss, de raisonner un peu avec vous des effets et des causes, du meilleur des mondes possibles, de l'origine du mal, de la nature de l'âme, et de l'harmonie préétablie. » Le derviche, à ces mots, leur ferma la porte au nez.

Pendant cette conversation, la nouvelle s'était répandue qu'on venait d'étrangler à Constantinople deux vizirs du banc et le muphti, et qu'on avait empalé plusieurs de leurs amis. Cette catastrophe faisait partout un grand bruit pendant quelques heures. Pangloss, Candide, et Martin, en retournant à la petite métairie, rencontrèrent un bon vieillard qui prenait le frais à sa porte sous un berceau d'orangers. Pangloss, qui était aussi curieux que raisonneur, lui demanda comment se nommait le muphti qu'on venait d'étrangler. « Je n'en sais rien, répondit le bonhomme ; et je n'ai jamais su le nom d'aucun muphti ni d'aucun vizir. J'ignore absolument l'aventure dont vous me parlez ; je présume qu'en général ceux qui se mêlent des affaires publiques périssent quelquefois misérablement, et qu'ils le méritent ; mais je ne m'informe jamais de ce qu'on fait à Constantinople ; je me contente d'y envoyer vendre les fruits du jardin que je cultive. » Ayant dit ces mots, il fit entrer les

étrangers dans sa maison ; ses deux filles et ses deux fils leur présentèrent plusieurs sortes de sorbets qu'ils faisaient eux-mêmes, du kaïmak piqué d'écorces de cédrat confit, des oranges, des citrons, des limons, des ananas, des pistaches, du café de Moka qui n'était point mêlé avec le mauvais café de Batavia et des îles. Après quoi les deux filles de ce bon musulman parfumèrent les barbes de Candide, de Pangloss, et de Martin.

« Vous devez avoir, dit Candide au Turc, une vaste et magnifique terre ? – Je n'ai que vingt arpents, répondit le Turc ; je les cultive avec mes enfants ; le travail éloigne de nous trois grands maux, l'ennui, le vice, et le besoin. »

Candide, en retournant dans sa métairie, fit de profondes réflexions sur le discours du Turc. Il dit à Pangloss et à Martin : « Ce bon vieillard me paraît s'être fait un sort bien préférable à celui des six rois avec qui nous avons eu l'honneur de souper. – Les grandeurs, dit Pangloss, sont fort dangereuses, selon le rapport de tous les philosophes : car enfin Eglon, roi des Moabites, fut assassiné par Aod ; Absalon fut pendu par les cheveux et percé de trois dards ; le roi Nadab, fils de Jéroboam, fut tué par Baasa ; le roi Ela, par Zambri ; Ochosias, par Jéhu ; Athalia, par Joïada ; les rois Joachim, Jéchonias, Sédécias, furent esclaves. Vous savez comment périrent Crésus, Astyage, Darius, Denys de Syracuse, Pyrrhus, Persée, Annibal, Jugurtha, Arioviste, César, Pompée, Néron, Othon, Vitellius, Domitien, Richard II d'Angleterre, Édouard II, Henri VI, Richard III, Marie Stuart, Charles I[er], les trois Henri de France, l'empereur Henri IV ? Vous savez… – Je sais aussi, dit Candide, qu'il faut cultiver notre jardin. – Vous avez raison, dit Pangloss ; car quand l'homme fut mis dans le jardin d'Éden, il y fut mis *ut operaretur eum*, pour qu'il travaillât : ce qui prouve que l'homme n'est pas né pour le repos. – Travaillons sans raisonner, dit Martin ; c'est le seul moyen de rendre la vie supportable. »

Toute la petite société entra dans ce louable dessein ; chacun se mit à exercer ses talents. La petite terre rapporta beaucoup. Cunégonde était, à la vérité, bien laide ; mais elle

devint une excellente pâtissière ; Paquette broda ; la vieille
eut soin du linge. Il n'y eut pas jusqu'à frère Giroflée qui ne
rendît service ; il fut un très bon menuisier, et même devint
honnête homme ; et Pangloss disait quelquefois à Candide :
« Tous les événements sont enchaînés dans le meilleur des
mondes possibles : car enfin si vous n'aviez pas été chassé
d'un beau château à grands coups de pied dans le derrière
pour l'amour de mademoiselle Cunégonde, si vous n'aviez
pas été mis à l'Inquisition, si vous n'aviez pas couru l'Amé-
rique à pied, si vous n'aviez pas donné un bon coup d'épée
au baron, si vous n'aviez pas perdu tous vos moutons du
bon pays d'Eldorado, vous ne mangeriez pas ici des cédrats
confits et des pistaches. – Cela est bien dit, répondit Can-
dide, mais il faut cultiver notre jardin. »

Achevé d'imprimer en Europe
à Pössneck (Thuringe, Allemagne)
en juillet 1994
pour le compte de EJL
27, rue Cassette 75006 Paris

Dépôt légal juillet 1994

Diffusion France et étranger
Flammarion

Imprimé sur papier sans chlore et sans acide

ENERGY
SMARTS

ENERGY SMARTS

Low-Cost, No-Cost Ways to Shrink Your Energy Bills

Wesley Cox

CROWN PUBLISHERS, INC.

NEW YORK

This book is dedicated to my father, Frank Alfred Cox, whose career spanned a half century of dedicated public service to people through the Consumers Gas Company of Toronto, Canada.

It is my father's wish that this book serve as a memorial to Oakah L Jones, who moved his home and family from Oklahoma in the mid-fifties to assume the presidency of the company, revitalize its goals, motivate its employees, awaken its potential, and make it a role model for energy producers and distributors worldwide.

Published by Crown Publishers, Inc., One Park Avenue, New York, New York 10016, and simultaneously in Canada by General Publishing Company Limited

Manufactured in the United States of America

LIBRARY OF CONGRESS CATALOGING IN PUBLICATION DATA

Cox, Wesley.
 Energy smarts.

 Includes index.
 1. Energy conservation. I. Title.
TJ163.3.C693 1984 640 84-9396
ISBN O-517-55325-2

10 9 8 7 6 5 4 3 2 1

First Edition

CONTENTS

ACKNOWLEDGMENTS

EVERYBODY WHO HAS WRITTEN ABOUT ENERGY HAS PROBABLY had an influence on the preparation of this book on managing energy for the purpose of saving or making money. Locally, the Southern California Gas Company has been my most dependable, prompt, straight-arrow supplier of data dished up in an understandable manner. The company's consumer affairs administrator, Virginia C. Allen, deserves the credit, without any reservations. If only other utilities shared Ms. Allen's attitudes and skills, they'd enjoy a much better public image.

There were genuinely interested helpers at all levels of the General Telephone Company, Pacific Telesis, Busy Bee Hardware, Santa Monica city hall, the California Energy Commission, even the Public Utilities Commission, although getting anything specific from any governmental office takes immense amounts of time, energy, patience, and forbearance.

There were even a couple of big oil companies who encouraged their people to get into the act despite the certain knowledge they would wind up getting their knuckles rapped. There were friends, relatives, and neighbors who usually responded to my cries for help when I was going under for the third time.

I could not end this page without acknowledging the genuine *lack* of interest and support of the local and regional electrical generating companies and their suppliers. For the most part, water companies were equally uncooperative, although there were a few field workers who "told it like it was" on condition they remain anonymous, for obvious reasons. I'm very happy I don't have to work for any of the electrical or water suppliers I encountered during the research and development of *Energy Smarts*.

As usual, I'm indebted to my awesomely talented senior editor at Crown Publishers, Lisa Healy, and her super crew!

1 · MONEY MATTERS AND CONSERVATION MYTHS

MOST OF US ENJOY PICKING UP A FEW EXTRA DOLLARS. THE more dollars, the more we enjoy them, whether they reach us through luck, hard work, or Uncle Henry's last will and testament. If the process of enrichment happens to benefit another person or group along the way, it's a bonus to our ego. And there you have the whole concept for this book. In it, we'll dish up dozens of ways to make, save, or promote money right into your pocket, and in the process we'll conserve energy, which may make money for others.

Let's talk in terms of dollars at all times, however, instead of beating on that dead horse "conservation." In my opinion, at least, the whole subject of energy conservation is a dreary one, particularly when the planet is literally dripping with the stuff.

TAKING THINGS NICE AND EASY

We'll make the extra cash with minimum effort. I don't know about you, but personally, I can't stand the books and manuals that command, "You gotta do this right now," and "You better be prompt in getting results no matter how much it's unlike you." Phooey! I'll admit that we do need a pinch of common sense to achieve big-money results, but I'm sure not going to make a crusade of it—and neither need you.

Just try to picture what kind of a scraggly hodgepodge we are. Among us are owners and renters, marrieds and live-togethers, singles, doubles, and "who's counting anyway?"—right? There are family groups with babies and others, like mine, whose children are full-grown adults. In our group of fortune hunters are widows and orphans, fixer-uppers and people who wouldn't know which end of a screwdriver to use to drive a nail. And we live in such a variety of places! For some of us, it's a strange day if

the rain doesn't fall. For others, the sun just gotta shine non-stop or we get moody. Personally, if I never again see a snowflake, I'll die happy. Meanwhile, my bride of the past several decades is thrilled to visit relatives in areas where the planes land on skis, at ten below zero! Ugh!

Also, I have a mandate of sorts to lay out *Energy Smarts* in a way that sticks in your head, not on a bookshelf someplace. I want this to be an action-ready handbook, not a reference manual. And I'll be jumping all over the place, from water heaters to refrigerators, to cars, to light bulbs, and gas stoves to—well, just wait for the surprises to happen, okay?

I'm including at the back of the book a kind of schedule, although you may do better with just a scrap of paper. As we leap along with money-making ideas, you'll come upon certain ones that make real sense to you, something you can do readily or (heaven forbid) pay to have done. In the appendix jot down any note that comes to mind, including the best time to make the change, what you think it could be worth to you, and when you might get around to it. These notes will individualize the book for you and may even propel you into action.

It would be a grand idea, in my opinion, if you set aside a certain number of minutes or hours every week to do those things you know ought to be done because you realize you are throwing tons of money down the tubes or up the chimney—wasting energy—you rascal!

My approach to this whole subject may be different from most. I'm going to remind you to save energy money so that you can throw it away on a Caribbean cruise or something else you fancy rather than piddling away your assets through leaky faucets, the wrong type of light bulbs, to say nothing of neglected stoves and air conditioners. Shame on you! Think I'm kidding? Listen! This book could start you on a money-making binge that will make you wonder what you've been missing all these years.

ENERGY CONSERVATION MAKES MONEY FOR YOU

Believe me, that's the real story. Ask me if I can save you $100

or $1,000 or $10,000 this year and I'll tell you truthfully that I don't know, but I do care. In fact, this whole book is the result of my mentioning a few dollar-saving concepts at a party we were having with the neighbors on our patio a while ago.

"My electric bill last month was almost twenty dollars," I said during a lull. "Utility costs are getting out of hand!"

The fellows I was talking to looked at me as though I were Big Bird. "This entire energy business is becoming ridiculous," I snarled, trying to break the instant silence.

They stared at me without response.

"I paid twenty for the crummy telephone, twelve for the gas, and almost eleven for the water," I muttered.

I realized they were looking at me as though I'd just emerged from a UFO.

Then Stub (we call him that because his real name takes two lines to write and is unpronounceable) asked, "Are you tapping into everybody else's lines?"

My next-door neighbor, David, made a comment that I'd just as soon not write in a publication that will go through the mail. Wow! Then someone, somewhere in the group, I know not who, suggested I must be a real cheap guy.

That tore it.

I made a scramble off the patio and came racing back with the receipts for the utility bills plus the credit cards for the gasoline and all that sort of thing. Within seconds, the ladies got into our conversation. There were comments that some of them were paying two, three, even four times what we were paying—how come? Who did I know at the gas company? Was I making my own electricity? Was I out siphoning other cars at night?

Now you know how this whole thing got started. I must confess that maybe I'm prudent—okay, cheap—when it comes to paying utility bills and other energy expenses. But I've been messing around with it since I started working on newspapers and trying to keep my bookie and myself fed on my salary of $18 a week. And I would dearly love to make every oil company and utility outfit into a nationalized, non-profit corporation, despite my in-

tense devotion to private enterprise. But that's philosophy, if not another book.

I took my party guests on a quick tour of our fluorescent lights, water-flow restrictors, electronic-pilot furnace, and some of the other moneymakers you'll find in these pages. Before the party was over, we'd changed the subject and had lots of fun. During the days and nights that followed, my party pals came snooping around for a look at other energy-saving secrets—which I think of as money, not patriotism. Just money. Nothing more. Wanna get started? Let's go!

2 • THE DECADE OF DANGER IS HERE

THE PLANET EARTH IS GLUTTED WITH ENERGY. YOU NAME IT—oil, coal, wood—we have more readily available energy than we can use. As for nuclear-generated electricity, we have more than we can afford, although there are some people who may not be convinced until there's another Three Mile Island disaster. Next time, though, every living thing that's not incinerated may be irradiated. So there's good news and there's bad news. First, the good news is that nuclear-energy plants in the United States and Canada are going broke. (In several instances, their operators are being interrogated by the FBI and other federal agencies because of suggestions they've been reporting for work drunk or drugged to the eyeballs.) The bad news is that the electric/nuclear/industrial/political fraternities are roaming the world selling their inventory to China and other countries that have no idea what a mess they're getting themselves (and us) into. When their systems melt down, as almost inevitably one or more will, their clouds of radiation will blow back on us.

But there's hope. With a bit of luck, we might see the nuclear peddlers (among them the biggest names in American industry) unmasked, then chased out of business, our own futures thus assured.

THERE'S A NEW DAY DAWNING IN ENERGY

At 5:00 P.M. on Thursday, November 3, 1983, in the small city of Cambridge, Massachusetts, an event of incalculable importance took place. A group of plasma physicists from the Massachusetts Institute of Technology successfully completed an experiment to drive the temperature of a minuscule particle of matter up to 15 million degrees Celsius, thus achieving the first confinement of superheated gas sufficient to sustain a self-generating, self-supporting fusion reaction.

5

Wanna know what that event really signifies?

It means we can now create on earth a controlled release of energy almost identical to the process that yields sunlight. Yes, on that fabulous Thursday afternoon, MIT's Alcator C reactor was coaxed into accelerating a particle of deuterium, converted into tritium, to the condition where it could energize the whole world, someday soon. Much work remains to be done. Indeed, we have to push the temperature ten times higher to match the conditions at the center of the sun, but we know how to do it!

NEW ENERGY SOUNDS GREAT IF WE CAN SWING IT

Inevitably, we will do it!

Joyfully, the basic stuff we need for the process is literally clogging the oceans of the world. Deuterium is shlumping around the floors of all the oceans in such vast quantities that we can think of scooping up the glop like millions of minnows in a net. And one tiny gram of the stuff—that's an amount about the size of a corn kernel—will release to us the same amount of energy we now must wring, at huge expense, from 50 barrels of oil.

AND TH-TH-TH-THAT'S NOT ALL, F-FOLKS

More good news. There's no waste product in this process. No horrid residual. No threat of radioactive meltdown. It's safe. We can trust it. There's no way it can harm us, the way nuclear plants are committing us to international suicide. We can set it up relatively cheaply and dish out the energy as we need it, using resources that, for practical purposes, might well be described as unlimited.

Sure, we'll still need some oil. Hinges will continue to squeak, and we'll be looking for new and better products like acrylics and other plastics with petroleum bases. Have no fear for Big Oil even if you're a stockholder. They're in there right now trying to get their greedy little fists on the fusion techniques. One of the big dangers is that the control of fusion might fall into the hands of inept politicians, unethical corporations, and/or other ruthless fools.

But if we can stave them off, we can soon be enjoying the benefits of energy that can be made and delivered virtually free and in unlimited quantities. Deserts can be converted into food-producing paradises of beauty and luxury. The pollution that now befouls our lungs, our vision, and probably our brains will be eliminated. Will warfare become obsolete? What possible reason could exist for one individual or nation to covet the territory, products, potentials, or blessings of any other? All of us, everywhere, can have a never-ending supply of energy. And if we manage it wisely from the beginning, it can be virtually free for the asking. Mankind will have entered a new age, "The Age of Energy."

SURE, THERE'S A CATCH TO ALL THIS GREAT NEWS

In the meantime, we need to make prudent use of our present energy reserves, because the utilities and other fuel suppliers see the handwriting on the wall and will try to extract every last dime they can squeeze out of us, the consumers. We can fight back by using less of their products, in the meantime saving our own resources (money) for more pleasurable pursuits than making the oil, gas, electric, water, and phone companies, the coal and uranium miners, the waste processors, and others richer than the sheiks of Saudi.

First, I must try to get you as interested in Energy Smarts as I am. There are some darned good, easy, and usually inexpensive things we can do to help ourselves. There are many experts, institutions of learning, entrepreneurial companies of integrity, and foundations, even governmental bodies, capable of helping us get this energy business back where it belongs, in the interest of *all* the people, not just a few opportunists.

Can we talk?

Let's get together.

Your place or mine?

3 · ENERGY SMARTS THAT ARE FORCED UPON YOU

IF YOU RECALL THE PARTY ON MY PATIO . . . MAYBE THAT'S A GOOD place to start, with Energy Smarts that sooner or later seem to come your way, no matter what!

We've got a lot of lights around our place, inside and outside, some on timers, some on switches, and others in our security system. A few of those lights turn on when you yell at them or cough—more about them later. Light bulbs are basic energy eaters, big wasters of your money. Ever notice how hot they get? That's their inefficiency factor. You want light, but your bulbs give you heat! Wouldn't you think the experts would have come up with an efficient light bulb by now? Oh, I know—fluorescents; we'll get to them in a minute or two.

Let's start this book with a few cheap items.

1. SCREW-BASE LIGHT BULBS

Officially they're called "Edison" bases. I buy the cheapest I can find, usually by the dozen, about 25 cents each, usually products of Hungary. If you compare the specifications on the cartons, the cheapies have the same length of service and light output as the buck-a-bulb brands that need so much money for their advertising budgets. And please skip the so-called long-life bulbs unless they're being installed atop TV towers or flagpoles. Those rascals use much more energy and put out much less light (or "lumens," as they call them downtown).

2. FLUORESCENT LIGHTING

Believe it or not, you'll get four times the light at about half the cost of energy when you switch from incandescent bulbs to tube or circular fluorescents. The circular type fits within the harps of most large table lamps. They cost a few extra dollars for openers,

8

but they're worth it. Watch out for really cheap, bargain imitations, however. They tend to hum louder than the conversation in the room. The tube types are relatively cheap, selling hereabouts for 75 cents to $1 for the 48-inch lengths.

Fluorescent lamp

Fluorescent tube

A 40-watt fluorescent tube or circle gives off up to 8 times the light of a 40-watt incandescent bulb

3. APPLIANCE BULBS

These little devils, designed for refrigerators and ovens, cost a fortune, and in most cases they're not worth it. For everyday refrigerators and ranges, everyday bulbs that fit the available space will do the job nicely, although appliance bulbs are assembled with a cement that withstands a wider range of temperatures than do ordinary bulbs. Usually, appliance bulbs are clear, not frosted. If you happen to have one lying around, inspect it. It'll permit you to see the strand of "filament" (often curly or coiled) running

"Hotter" cement seals

around the upper part of the assembly, supported by other, stiff wires. The electricity gets to the ends of the filament by way of the two outer wires, and it turns the filament white-hot. Because there's no oxygen in the bulb (called "the envelope"), it glows without burning. (More later on the subject of bulbs and the wires that support their filaments.)

4. REFRIGERATORS

During the so-called energy shortage/crisis/embargo/conspiracy of 1972-73, I snooped around and discovered that it cost us just as much for our refrigerator to defrost itself automatically as it did to keep its contents cold or frozen. Ordinarily, I wouldn't discard a deluxe appliance such as that until it groaned and died, but this time we unloaded our fancy frost-free fridge on the Salvation Army and saw them hang a $150 price tag on it. We claimed that amount as a tax-deductible donation,* then bought a new, $400 regular box that I am convinced paid for itself in electrical savings in 24-30 months. Sure, we have to defrost the new box every six or eight weeks, and we scrub it clean. But we did the same cleaning trip with the energy eater, so what's the difference?

* AN ASTERISK (*) WILL APPEAR THROUGHOUT THIS BOOK AT EVERY OPPORTUNITY FOR A TAX DEDUCTION. DON'T MISS ANY OF THEM, WHATEVER ELSE YOU DO, OR DON'T DO.

5. AN ALMOST-FREE GAS RANGE

Sometimes success is thrust upon us, for instance when our old range racks collapsed one Thanksgiving Day thanks to one grossly overweight turkey. Salvation Army! This time we got only a $50 tax break* and I bargained the appliance salesman into tears, but we came home with a deal on a new range with electronic ignition, just like the furnace (coming up). On the old range there were five pilot lights that I am now certain used as much gas just idling as we used for all our food preparation. Furthermore, the heat the pilots generated in the kitchen cost us plenty to get rid of through the air conditioner. Well, we've had that range almost two years, and I'm dead certain it'll pay for itself in less than four. And that's just the savings on the pilot-light wastage, m'dears. But there are even cheaper ways of getting the same results.

6. SHUT OFF THE PILOT LIGHTS ON YOUR PRESENT RANGE

You need simply hoist up the top panel of your stove, take a light screwdriver, and turn off the gas feed to the pilots. Maybe you'd better leave the oven alone if it works with a thermostat. If in doubt about the burner pilots, trace back the fine tubing from the light to the fitting where the screw adjustment will be located. If you still have doubts, call your gas company. They'll come out and do the job for you, at no charge. Then light your burners with free matches, or any of the variety of outdoor campfire lighters available at most hardware stores for $3 or thereabouts. I'll bet you see a difference in your gas bill the very first month. Now comes news that several companies are about to launch retrofit electronic lighters that can be added to most gas stoves. Bug your gas company, appliance dealer, plumber, or whoever you can trust about such things and at least get some printed information about the new add-ons. Will the price be right? I can't imagine how they can price such gadgets above $20–$30. If they're truly do-it-yourself installations, they'll be good deals at that price.

II

MOST-FREE FURNACE

...urnace operated with a pilot light that burned like ...rbecue. Even here in the Sun Belt, it gets down- ...he evening, year-round. Not cold. Just nippy, most nights. And anywhere between 50 and 60 degrees that old furnace would announce its turn-on with a *kkkkeerummbble thwap whooppsh* when the main gas valve opened. Like the old kitchen stove, that furnace threw most of its heat away, in this case up the chimney. Its replacement gave us a tax deduction* plus a giant manufacturer's rebate and a reduced monthly gas bill I could hardly believe the first few times. Then there was the joy of cannibalizing the old furnace. Its main blower fan is now installed in the attic of my son's house, keeping unwanted superhot and/or humid air out of his cobwebs. I'm well along on building a door for the main shell of the disemboweled furnace, planning to convert it into a storage space for small power tools. To tell the truth, I can hardly wait for the hot-water heater to go on the fritz, because it'll push me into starting the solar hot-water system I'm hoping to finish this coming summer.

I can't stop thinking about that party on the patio. Afterward, we were loading the dishwasher. (By the way, our dishwasher has two extra buttons on the front, one enabling us to "heat dry" the dishes if we're in a hurry, the other setting the machine for "air dry." And if we remember, we just open the door and let the dishes dry au naturel.) Anyway, that night I was mumbling something about somebody at the party calling me cheap.

"Will you repeat that growl, please?" asked my wife.

"I said, I wonder who it was who called me cheap?"

No response.

"Do you think I'm cheap?" I persisted.

Still no reply except a shrug.

"Hey, lady," I honked. "Am I cheap?"

She smiled. "Compared to what?"

Now once upon a time I might have chased that woman all over the house after a crack like that, but with age I'm beginning to realize it's important to save human energy, too.

Later, in bed, I was lying there thinking about the Great Utilities Debate on the patio. As usual, the electric blanket was set for about 72 degrees. I was watching "Tonight"—just staring, not comprehending, as usual. And that reminds me . . .

8. ELECTRIC BLANKETS

On an average night, our dual-control, largest-size-made electric blanket eats up about 3 cents' worth of electricity. That's a tenth of what it would cost to heat the entire bedroom and master bath zone. Yes, we've got the place zoned on a semiautomatic basis. Semiautomatic! I twist the dampers on those ducts branching off from the furnace where I don't want heat (or, in the summer, cool air) to travel—that's semiautomatic.

To heat the whole bedroom, the furnace would push out about half a therm—using up 50 cubic feet of gas and wasting 50,000 BTUs. We'll get around to those terms as soon as you've picked up on some of the simpler things. In the meantime, take my word for it that electric blankets may be the best all-around good buy available in energy management.

9. THE TELEVISION SET

If your TV is one of those old, 25-inch jobs that operate with tubes, it'll be using up about 500–600 watts per hour. In my town that would be a nickel's worth. They say that nowadays the average television set is turned on for at least six hours daily (for reasons I'll just never understand). So that brings us up to about 30, maybe 35, cents a day. That adds up to $125 a year to watch a lot of garbage go by. I know, because I wrote almost 2,500 daytime television shows. So the biggest favor you could do for yourself would be to junk the tube-type set and replace it with a compact, modern, sharp-pictured, solid-state set that might max out between 100 and 150 watts per hour. That would cost $25 a year for energy, a much better deal all around, particularly if you use the "off" button with regularity.

10. DRIPPY FAUCETS

From what I hear, this is a nation of dripping faucets! Every house seems to have a few, I'm told. I'm gradually replacing all the old washer-type faucets in our place with inexpensive, foreign-made (I'm sorry to say), all-plastic faucets that require no washers of any kind. In the meantime, in case you're interested, one commonplace faucet drop-drop-drop, at a rate of about 40 drops a minute, will waste 15 gallons of water a day. Well, there are 748 gallons in 100 cubic feet of water, which is the basic unit the utility uses to measure the liquid. Locally, it's 61 cents for the first 20 units of 748 gallons each, then 69 cents for each unit thereafter. You may be paying much more or less. Forget your calculator. A drippy faucet in my house will cost roughly 37 cents a month—$4.40 a year, times the number of leaky taps in the residence and garden. In truth, I doubt that I save vast sums by fussing about faucets and washers, except . . .

The drip, drip, drip from our bathroom seemed twice as loud when I turned off Johnny Carson after his monologue and a few dozen commercials. I think maybe I tossed and turned for half an hour before deciding to get up and shut the tap.

Curses!

I realized at once the fool faucet would need more than a hard twist. It needed a washer, probably stem packing, and a smoothed seat.

Maybe forty minutes went by before the biggest wrench in my collection slipped out of my hands and ricocheted from metal to marble basin top to tile floor—clank, clatter, rattle, slide, thwump.

"Damn it!"

My wife was awakened.

"What the devil are you doing in there?" she groaned.

"Shhhh. Go back to sleep."

(In case you hadn't noticed, my bride and I rarely respond directly to each other's questions. Maybe we should have been lawyers.)

"Are you fooling with the plumbing?"

"I'm playing pinochle."

"In the bathroom?"

"Faucet's dripping. Fixing."

"At this time of night? Are you crazy?"

I did feel a bit foolish at this point, but I kept a stiff upper lip, as they say in the Olde Country.

"Maybe. But it's the hot-water faucet that's dripping. We're not only wasting water, we're wasting gas, too."

I heard a distinct moan from milady. "So what!"

"So, nobody's gonna come over here for a party, drink my booze, eat our snacks, and call me cheap, that's what!"

Somehow, it didn't sound the way I'd intended.

As a reader's reminder, and I hope an encouragement to do something to save energy money, each chapter will conclude with a brief summary of the savings where I feel competent to make reliable guesses. I'll have checked my estimates with another do-it-yourselfer and based my appraisals on the impossible concept of "an average household." For convenience only, the figures shown in most cases will represent annual amounts based on hypothetical charges of 10 cents a kilowatt for electricity, $1 a therm for natural gas, and $1.50 for liquid fuels such as gasoline and furnace oil, per gallon.

These few adjustments in energy management can result in a saving of more than $500 annually. Naturally, the capital cost of new equipment must be considered, but remember throughout this book that the operating costs, day after day, year after year, can really hurt, compared to that one-time-only initial purchase.

Remember too that you'll want to list in the Appendix all of the ideas from this chapter that sound as if they'll save money at your house. Then you'll wind up with a personalized agenda for future action.

ENERGY MONEYMAKERS

ITEM NUMBER AND PROJECT NAME	ANNUAL ENERGY COSTS BEFORE ENERGY SMARTS (DOLLARS)	ANNUAL ENERGY COSTS AFTER TAKING ACTION (DOLLARS)	NET SAVINGS PER YEAR (DOLLARS)
1. Off-brand light bulbs	75	25	50
2. Fluorescent tubes and bulbs (assume 5 installed)			50
3. Appliance bulbs (replace 2)			4
* 4. Standard refrigerator	100	60	40
* 5. Electronic-ignition gas range	50	0	50
6. Match-lighted gas range	50	0	50
* 7. Electronic-ignition furnace	60	0	60
8. Electric blankets			100
9. Solid-state TV	125	25	100
10. Water faucets			20

4 • MOSTLY ABOUT INSULATION

NO MATTER WHERE YOU RESIDE ON THE NORTH AMERICAN CONtinent or parts of Europe, chances are good that your family and mine have spent some time within shouting distance of each other. My work has kept our small family on the move until a few years ago. So we have a fairly good idea of the hots and the humids, the freezings and thawings. We even lived a winter month in northern Ontario, Canada, twelve miles from the nearest road, where the snow drifted 8 feet high over the roof of our cabin. We often opened the front door (inward) to face a solid wall of packed snow, which we'd shovel into buckets to melt for drinking water.

Our family of five recall Milwaukee in the fifties, when I'd lose my car almost daily in the winter, wondering which hillock of snow it might be, in the parking lot behind the office, not far from the Pfister Hotel. Those were the days when I wore six-piece suits—two threes.

Our residence on Thirty-seventh Street just below Capital Drive was one of eight two-bedroom units in a two-story frame building covered with asbestos siding—four apartments on the ground floor and four upstairs, where ours was located. In the basement there were eight hookups for washers and dryers, with eight duplex wash tubs, eight oil-fired furnaces, eight oil storage tanks, and eight huge lockers for extra belongings. Overhead there were eight sets of water pipes from eight water heaters, and eight conduits carrying electricity from the eight fuse boxes—all wonderfully bewildering.

The walls and roofing of that monstrous box of a building must have been ingeniously designed and packed with double-thick insulation. But between the two stories there were only a thin, uninsulated floor and ceiling. Directly below our apartment, Mrs. Rosanna rarely left her rooms during the six bitterly cold months of the year, and she couldn't stand going outdoors during the

other six, when it was uncommonly hot and often unbearably humid. Furthermore, she liked staying home to cook.

RELIVING THOSE HAPPY DAYS

At that time, our number-2 grade fuel oil cost between 16 and 20 cents per gallon. Mrs. Rosanna's heating bills, we learned one day, averaged $100 a month, suggesting to me that her furnace in the basement must have been operating full blast about 20 hours a day (assuming it was the standard 100,000-BTU type, which consumes about nine-tenths of a gallon of fuel per hour). And throughout the day, her gas stove and oven would be going, too!

Meanwhile, upstairs, in our apartment, my wife would be pushing aside the storm windows just to get breathing air for herself and the children. And we rarely, if ever, turned our furnace on at all. I wouldn't be surprised if our heating bills during those twenty-below-zero weeks in Milwaukee were less than the squibs I complain about today here in the tropical part of our country.

The one discomfiting thing about the arrangement was that no matter what meals we had upstairs—corned beef, creamed chicken, peanut butter sandwiches and soup—everything tasted and smelled like lasagna, cannelloni, rigatoni, calamaretti, or scaloppini alla Fiorentina. Even bananas tasted as though they'd been marinated in garlic sauce!

How come? Simple. The great box of an apartment was airtight, with insulation in the basement, walls, and roof. The army of furnaces had no humidifiers, and the driving heat had dried out the ceiling and floor wood until it leaked like a broken balloon. Meanwhile, Mrs. Rosanna cooked from sunrise to exhaustion and beyond. Our children wondered why the air smelled so strange when they were allowed outdoors. Dear Mrs. Rosanna. I'm sure God considers her one of His/Her special people, wherever she is—probably cooking something, like apples in squid sauce Florentine.

THE DARK MONSTER OF THE ENERGY SMARTS

Bad, inadequate, moisture-laden, or no insulation is the biggest

single energy waster in all our houses, apartments, and offices. Even our cars are designed shamefully in the area of insulation. I have heard contractors and other experts muttering for years that if American architects and builders would get on the ball about inventing, designing, and installing good insulation we could slash a third of our energy needs in cooling and heating. Even existing structures can be insulated reasonably well, and the insulation will pay for itself in three or four years if it's done properly. And this goes for renters as well as owners of residential and commercial properties. As a renter, you go as far as you practically can to make yourself comfortable, then contemplate your savings—in better health if not in dollars. I'll even go along with the bushwah that it's patriotic to save energy by installing insulation, although that's probably the most oblique marketing approach ever invented by man. If you want to insulate your apartment with good carpeting, interior storm windows, and caulking compounds and then march around waving the flag, it's okay with me. Insulation's a wonderful thing! And it's tax deductible in many instances!*

Where to start?

11. TAKE A LOOK AROUND YOUR PLACE

You may need a flashlight and screwdriver, pad and pencil to do what the experts might charge you to do. Or maybe your gas company and/or electric company will do the job for you for free. Phone them and ask. If they stall you, D.I.Y.—Do It Yourself! Unless there's another apartment directly over your head or you have a flat roof, you'll readily find a small door in the ceiling that leads to the attic area. Shove the door up and look in. If you're in a very dry area and it hasn't rained for weeks, you may see dozens, even hundreds, of small cracks and holes in a shake roof. The first few drops of rain cause the wood to swell, seal the leaks, and make you rainproof. But if you don't see any insulation, start thinking about getting some. As for the walls, the easiest way I know to learn if they're insulated is to unscrew an outdoor light fixture and peer in the space behind it. Reach in and grope around. If you come up empty, you need some insulation advice.

On the West Coast, in Santa Monica, there's a new municipal program just getting started. A small department of uniformed, well-identified specialists are making appointments with every householder, renter or owner, to do a complete audit of all living conditions, free of charge. They'll provide, free, water restrictors for the shower head, double-deadbolt locks for the doors, a complete listing of materials needed for insulation, and then come back and show you how to install the things if you don't know already. But as a first step, please—no matter where you reside—see how much the local utilities are willing to give you in auditing services and materials to improve your quarters.

Before we go too far, let's be sure you know how heat gets from point to point. And remember one thing—cold is nothing but an absence of heat. Your refrigerator and air conditioner don't add cold—they take away heat, dissipating it into the atmosphere.

In the illustration above at *A*, we see how heat from the liquid is moving up the handle of the spoon by *conduction*. If the spoon is steel, a good conductor, the heat will move rapidly. If it's plastic, a poor conductor, the heat will move more slowly. At *B*, the heat in a room is rising to the fellow on top of the ladder by *convection*. Hot air rises, and cold air falls down under the hot air. At *C*, we see heat travel by *radiation*, off the back wall of the fireplace. It's the same process by which heat reaches us from the sun, through space.

Average, middle-aged adults seem to feel comfortable in temperatures near 70 degrees Fahrenheit with a humidity of 30 to 50 percent. Older folks might prefer warmer surroundings, because their own metabolic, or energy-transferring, capabilities are slowing down. When we talk about temperature, we are almost obliged to include some words about the amount of water vapor (humidity) in the air. So, when we begin discussing insulation, we must also get things stabilized by first establishing a definite vapor barrier in our walls and ceilings.

12. VAPOR BARRIER

First, you must plan to position a barrier against moisture be-

Conduction

Heater/blower

90°

70°

40°

Convection

Radiation

Cool air return

How heat travels from place to place

Types of insulation materials

(A)
Plastic sheeting

(B)
Rockwool batt
insulation
in 8-foot lengths

Holes cut into
house between studs

(C)
Blown-in insulation

(D)
Rigid board insulation

tween you and the insulation material. Treated paper, plastic sheeting, foil, even tar paper will work. If you install insulation batts or rolls, the vapor barrier will come with the material wrapped all around it. If the house is already built with inner and outer walls, it's going to be mighty difficult to install any kind of vapor barrier.

13. BLANKETS AND BATTS

Usually these are manufactured of glass fibers or rock wool and are most often used in new construction or in places, such as attics, where they can be fitted between joists and rafters and stapled into position. It's an itchy business to install rock wool. You can wear gloves and a mask, but the stuff will get inside your shirt and slacks, and you'll keep wishing you were someplace else.

In the illustration we see at *A* a roll of plastic sheeting, often 4–6 feet wide and a couple of hundred feet in length. The batts in *B* can be delivered in 8-foot lengths and various thicknesses. Sometimes it's shipped out in big rolls, the loosely gathered insulation surrounded by treated foil or tar paper. At *C* we see how trucks equipped with pumps are often used to blow loose-fill insulation into the air spaces within walls. The workmen first remove a strip of siding or cut large circles in the outer walls to insert their hose. And in *D,* the workman is hoisting into place a big sheet of plasticized foam or corrugated material that has been treated to retard fire. (See item 15 below.)

14. LOOSE OR BLOWN FILL

Again, it can be finely chopped fiberglass or rock wool or cellulose fiber, vermiculite or perlite—if it's small and light it can be blown from the truck through a tube into holes cut into the walls of an uninsulated house. Recently, the Reagan administration permitted the insulation industry to once more start using urea-formaldehyde in their installations. It had been banned for years as a cancer-causing material. Most other Western countries, including Canada and Great Britain, are paying homeowners to get

rid of the stuff, sending in decontamination squads to remove it from houses and offices built before the plastic was recognized as a potential killer. Frankly, if I were buying a home today, I'd be keenly interested in examining the insulation and other hidden materials. Particle board, for example, is now suspected of being a carcinogen. I'd say "s'long" without a word of apology to anyone who tried to sell me a house of modern construction that contained any asbestos fibers, particle board, or urea-formaldehyde, the administration's blessings notwithstanding.

I've heard that to this day many farmers build conventional frame houses and fill the voids in the walls with sawdust, which works fine as insulation—for few years. Then it packs down, absorbs moisture, and attracts bugs. But at least it doesn't cause cancer!

15. RIGID INSULATION

Today there are some terrific materials akin to polystyrene and polyurethane, as well as the new isocyanurate, which can be pressed into very thin sheets, usually 4 feet × 8 feet. Best used in new construction, it takes little space and provides extraordinary insulation properties. I saw it tacked against nailing strips on a basement wall before the hardboard veneer panels were glued into place. Within hours the room had been converted from a drafty, damp junk closet into a self-warming, attractive recreation area. During the last century, perhaps in the 1700s, too, horse-drawn and railroad coaches were lined with a papier-mâché board called *sote*. The same type of board was used in the building of Little America at the South Pole in 1929. Almost thirty years later, in 1956, the original hut was excavated from beneath 8 feet of snow and found intact, its contents as fresh and crisp as the day they'd been left behind. Not bad when you consider that the material was only a ¾-inch sheet of mushed-up, rolled, and dried newspapers!

Remember, the federal and most state governments allow whopping tax incentives* for adding insulation to your residence. Your capital-improvement deductions can cover as much

as two-thirds of your material and labor costs if done according to government specifications.

I haven't said much here about R-values—that's tech talk for resistance to heat flow. It varies dramatically from material to material, but roughly, a pad of fiberglass 4 inches thick would earn an R-value of 11, and an 8-inch thickness would get an R-26. Rock wool is usually a point or two lower in R-value.

And here's where most government agencies get goofy, in my opinion. Having established a good idea, they carry it beyond good sense. For example, the Federal Energy Administration considers very cold places like Duluth and Grand Forks to be in the "#5 Heating Zone" and recommends that people there insulate their walls and roofs with fiberglass batts at least 12 inches thick! Because wood framing is nominally 3½ inches thick, such insulation requirements are nonsensical. What the government should be doing, if private enterprise won't, is to develop a new form of insulation that will keep Duluth warm short of rebuilding its homes into fat fortresses.

Let's get back to practical things again.

16. WINDOWS FOR WINTER

If you don't want to pay for wooden or aluminum storm windows, then I suggest you get a roll of clear plastic sheeting from your hardware store or plastics center. A roll is usually about 4 feet wide and 100 or 200 feet in length. Depending on the thickness, up to around .002 inch (two-thousandths of an inch—about as heavy as a bread wrapper but crystal clear), it'll cost perhaps $10–$15. Trim pieces to window-frame size, then tape the material in place with masking tape on the inside of your windows. Your cost of heating will drop like a rock.

17. DOORS FOR WINTER

If you haven't got a glass panel to replace the screen section of your outer door, go for a heavier sheet of plastic, maybe ⅓₂ or ⅟₁₆ inch thick. If you use the very light material you'll be driven batty

(C)

Foam rubber strip glued to doorstop

(A)

Door

Bronze weather stripping tacked to doorframe

(B)

Strip of cloth sewn into a tube, filled loosely with sand and placed against closed door

(D)

Energy savers for doors

by the flap-flap-flapping of the plastic against the screening in the winter breezes. Again, tape the plastic in place.

The illustration above has four ideas for anyone, owner or renter, to save plenty of heat and money. The aluminum/rubber threshold in *A* is squashed slightly when the door is closed, thus sealing out all breezes. The bronze stripping in *B* is as old as the Ark, but it's still the best, snugging tight against the door's length

when it's closed into the frame. And the tiny strip of foam rubber, *C,* is adhesive-backed, simply rolled into place and pressed into position the first time you close the door on it. The "draft stopper" pictured at *D* is nothing but a wide stripe of cloth sewn into a tube, pulled inside out and filled with dry sand or soil. It's kicked back against the door after it's been closed. I've seen many of these stoppers decorated as snakes and sold at church bazaars. I even saw one on sale in a boutique on Rodeo Drive in Beverly Hills—all yours, including the sequined eyes, for $150! I'm sure they'd have it monogrammed for, say, an extra $50. Maybe they're cheaper by the dozen!

18. CAULKING

The cheapest, most expensive job I do around our place is to caulk the living daylights out of it once a year. I get a 15 percent discount when I buy caulking by the twelve-tube case. I go for the best—usually silicone—and they throw in the caulking gun free. It takes me three hours at most to whiz around the property, squeezing the caulking material into any crack or cranny where air might squirm into the house or leak out. The general rule about caulking is: If one type of material is meeting another type of material, caulk the joint! Maybe there's a second rule: If in doubt, caulk it anyway!

19. SHINY AND DULL

If that heading sounds dumb for an energy book, it's okay with me. But I have a big can of flat black paint that's saved me a small fortune in heating and cooling costs. I use the flat black paint on those areas of a car's engine where I want speedy dissipation of excess heat—the radiator, valve covers, and transmission lines. In a house where entry to the basement was gained through a sloping metal door, I painted the door flat black and was astonished at the amount of heat that collected under the door well. It served to keep the chill out of that damp, fieldstone cellar in Bucks County, Pennsylvania, a uniquely unpredictable area. In this

case, the flat black paint was transferring the excess heat indoors, where the temperature was cooler.

Conversely, I use glossy, chrome-colored paint on areas where I want heat reflected back into the atmosphere. And here you have the basis for much of the solar-energy process we will be discussing later. Rooftop coolers and tool-shed roofs are examples of places where a thin coat of aluminum enamel will reduce the inside temperature by 10 or more degrees.

20. CLOTHING

Although there's much to be said on behalf of the new fabrics, particularly the down-filled, quilted jackets for winter use, I'm for wool. If I were to go walking in the freeze of winter I'd just as soon wear a wet woolen jacket as any of the new and often unpredictable synthetics. If they don't "breathe," they will trap the inside moisture and freeze you into a chilly shroud. We're into this book to save money, right? Okay. When we're in chilly climates, first we go for 100-percent-wool sweaters, socks, and slippers. The thermostat is our device of last resort. I can only compare our own experience with that of my neighbor, Stub, who must tear off his snappy suit and leap into silk pajamas every night after he flies through his front door. If you call on him "after hours" you're almost blown back against the hedge by the rush of hot air when he opens his front door. Either his thermostat is off index or it's locked at 90 degrees. Our main thermostat is rarely moved off 70, and I know it has a latitude of 2 to 3 degrees—that is, the heat will fall away to 67 or 68 before the furnace will click on, and it will shut down any zone when it reaches 72 or 73 degrees. If I open the duct that heats the guest-room zone I might add in the thermostat that controls that area. It's only a matter of flipping the switch that puts the second (or additional) thermostat into the circuit. Anyway, Stub can't understand even the simplest circuitry and doesn't intend to try. He's one of our party guests who complained about his gas bill being three times the size of mine. If only I could knit, I'd run him up a pair of angora pajamas.

Here we go again, guesstimating what can be saved by having

some Energy Smarts. And again, please, if any of these ideas click with you, jot down your own thoughts about them in the Appendix or on your calendar or note pad. The figures in the table assume you have *no* insulation in your average-size home.

We've taken a "worst-case" condition where a homeowner was spending almost $3,000 on fuel during a bad winter. Then, after making a few basic adjustments in his house and doing other things that can best be described as Energy Smarts, he certainly would have reduced his fuel costs by half—in our extreme example, probably by two-thirds. I asked a local insulation contractor to scan this chapter. After making a few minor changes, he agreed it could be a practical plan, particularly in an area of the country where the winters were terribly cold and the summers particularly hot and humid.

There's some good reading material that will acquaint you in detail with insulation practices that go beyond the scope of this general-purpose book. Here are a few reference works to get you started:

How to Do Your Own Home Insulating, by D. Meyers. Harper & Row, 10 East 53rd Street, New York, NY 10002 ($3.95)
How to Save Money by Insulating Your Home. Federal Energy Administration, 1726 M Street, Washington, DC 20461 (free)
Insulation Manual. National Association of Home Builders, P.O. Box 1627, Rockville, MD 20850 ($10.00)

You can also contact your state's energy office and all local public utilities, requesting catalogs on the subjects of insulation and other ways to save money by saving energy. These are often free.

The U.S. Department of Housing and Urban Development maintains an Office of Policy Development and Research, which publishes pamphlets and booklets on energy, available through their information center. At this writing, you can reach them toll free at (800) 523-2929. From Alaska and Hawaii, it's (800) 523-4700. Such numbers change frequently. Good luck!

And remember to ask your nearest Internal Revenue Service office for information about tax credits in energy management!

ENERGY MONEYMAKERS

ITEM NUMBER AND NAME	ANNUAL ENERGY COSTS BEFORE ENERGY SMARTS (DOLLARS)	ANNUAL ENERGY COSTS AFTER TAKING ACTION (DOLLARS)	NET SAVINGS PER YEAR (DOLLARS)
11. Taking a look	?	?	?
12. Vapor barrier only	200	50	150
13. Blankets or batts in attic	500	100	400
14. Loose fill blown into walls	600	200	400
15. Rigid insulation in basement	300	100	200
16. Interior plastic windows	500	200	300
17. Door weatheriza-tion	300	100	200
18. Caulking throughout	100	10	90
19. Painting shiny and dull	?	?	?
20. Appropriate clothing	300	100	200

5 • SOME BASICS ABOUT ENERGY

YOU KNOW VERY WELL YOU CAN'T PLUG A TOASTER INTO A bucket of oil and expect it to warm up. First you have to convert the energy locked up in the oil into electrical energy.

RESOURCES HAVE SOME LIMITATIONS

COAL—It's just a black or brown rock. Swamps and forests were receiving sunlight millions of years before people arrived on earth; heat and pressure acted on the vegetable matter to produce coal. In a sense, when we burn coal today we're simply unleashing sunlight that's been stored up for millions of years.

OIL—There are so many kinds of oil that a listing would make a book all by itself. We can get it by processing bananas, seeds, corn, animal fat, peanuts, even milk. But you know the big deal is in petroleum, little more than liquid coal, the stored sunshine of earlier times.

GAS—Again, most of our natural gas supplies are products of stored sunshine, trapped in the earth. We can manufacture gas by baking it out of coal, but for the most part it's brought to the surface by wells that feed it by pipeline to factories, offices, homes, and electrical generating plants. Manufactured gas is usually called "city gas."

WOOD—This is the most recent of the fuel storage products. A tree may be only a few years old when it's cut down and the sun energy stored within it releases its heat.

THE BIG DADDY—FUSION

We've covered only a few basic sources of fuel. But the origin of the energy in all cases has been the sun. The constant fusion process on it keeps the surface temperature around 11,000 degrees

31

Fahrenheit, but the center of the sun is cooking along closer to 36 million degrees. That's just about what we have learned to do in a safe way here on earth, right? In case you are the worrying kind, never fear, the sun is not going to burn out, at least not for another 35 billion years, plus or minus a billion or two. It's just getting started; in fact, it's only about 5 or 6 billion years old now.

The main problem we're having with energy these days is that it costs too much. And our so-called experts haven't done much to develop better systems. Also, too many greedy individuals and companies are trying to convert our resources into money. If you develop enough Energy Smarts, you can beat them at their nasty little games.

Let's chat about heat for a while, okay?

21. WINDOW COVERINGS

If 20–25 percent of your wall space is window area, it's likely that you're losing about that percentage of your heat if you haven't picked out some energy-efficient blinds and draperies. I'm willing to bet that more than half, maybe three-quarters, of all the windows in the United States and Canada are fitted out with regular spring-type, up-down blinds, probably just one per window. That's not as good as having two blinds per window— one very dark, flat, and textured and the other very bright, shiny, and smooth. In the cold months, keep the dark shades drawn and soak in buckets of heat pouring down from the sun. Use the bright, smooth shade on hot days when you want to keep the heat out. It'll be reflected back to the great outdoors, got it? Mount the blinds in the window frames directly below each other.

22. AWNINGS

I'd been writing that the canvas-awning business was due for a spectacular revival. But a business trip to Phoenix and Tucson a while back set my eyeballs twirling. The new housing going up in those cities is spectacular. And guess what—virtually every new apartment and house has awnings that can be raised and lowered

in response to the sunshine. I talked to a cheery contractor and an air-conditioning sheet-metal specialist, and to my surprise, each of them independently claimed that the awnings would reduce electrical usage and other fuel requirements by at least 20 percent (the contractor said 30, if the homeowner used them to their maximum potential). I've gotten two bids for my place since returning home.

23. VENETIAN BLINDS

It's strictly a personal hang-up with me, but I can't stand venetian blinds. They're generally used incorrectly. Did you realize you can control the amount of heat coming in and going out by the way you tilt the slats? But mostly I dislike them because they're dust-catchers beyond all hope. However, I've found a way to correct that nagging matter.

In the illustration you'll see that we've sealed the venetian

Double-glazed Venetian-type blinds

Exterior pane of glass

Windlass to tilt slats

Interior pane of glass (sealed)

Windlass to raise/lower blind

blinds between the regular window and an inner window. Two cranks are fed out through the wooden sash of the inner window. One controls the "up/down" cords, and the other controls the "tilt" strings. So here you have double-glazed windows and practical blinds all in one. There are several different styles of venetian blinds. Levelor® blinds have slats that are less than an inch wide. Their construction, narrower than most, makes them ideal for sandwiching between the main window and an added inner pane. There are also several companies making these double window units now for new construction. Consult your architect or, better still, the person who's building your house—he'll be cheaper.

24. ROOFING

Live in a cold climate? Put on a dark roof to soak up the free sunshine. Hot climate? Use a white, reflective anything—marble chips are good, particularly in fire-hazard areas. Better still, run plastic water pipes along all the roof ridges and drill them for sprinkler heads to soak down the house in the event of fire or superhot weather. Even better, cover the roof with solar or photovoltaic panels (more about them later).

25. UNDER THE ROOF

Let's assume your house has an air space or attic area. Be certain it's well ventilated with screened openings, preferably with a fan to hustle the air through the area and prevent heat buildup and/or dry rot. The screening will keep out birds and other small animals. Frankly, one builder I argue with regularly doesn't like my special installation, which allows me to close up the ventilators for brief periods when I wish to store the trapped heat.

"The next person who lives here may not open the vents," he argues.

"Before I die I'll come out and snip off the control rod," I reply. Jerky Jackie lacks imagination, I think.

"I guess you'll want to borrow my ladder," he concludes.

26. WALL FINISHES

In desert areas, places like Tucson, Vegas, and Bakersfield, I see them spraying a type of aerated cement on the outer surfaces of houses. The glop winds up looking very much like the acoustic finishes they spray on interior ceilings, but I'm told it provides exceptional insulation, keeping inside heat *in* and outside heat *out*, which is a mixed blessing. We were visiting with friends in Tucson, and their next-door neighbor told me that application of this ¼-inch layer of air/foam/plaster/cement has cut his heating bill by a third the first year and paid for itself in three years. That's all I know about it.

I would like to see Tom Lindsey's house in eastern Virginia. I saw a picture of it in *Living with Energy,* by Ronald Alves and Charles Milligan, published by Penguin Books in 1978. Evidently the owner simply masked off the windows and doors and had his entire house sprayed with urethane foam, 3–6 inches thick. It bubbled up nicely, set up hard. Then he had the house sprayed again with a thin coat of Medusa cement, in a color of his choice. It's reported he cut his heating bill in half the first winter—to $600. And that must have been before 1978!

Now, that's imagination! Bravo, homeowner!

The whole idea behind *Energy Smarts* is to get you thinking of creative ways to save money and, along the way, maybe conserve a bit of energy until the new energy goes on line. When my brother-in-law retired, the first project he undertook was the end-to-end insulation of his van. He and his wife had to get truck drivers' licenses in order to wheel back and forth to their cottage. But the floor, roof, and all doors and side panels on that giant tin bucket now have lightweight, double-thick insulation everywhere. Storm windows are fitted throughout (except for the windshield), all snugged in with rubber gaskets, readily removable if desired. The monster vehicle is now not only insulated to retain its heat and cold, but it's probably the quietest van ever designed. The job took a bit of research, a lot of planning, and a bit of skill, but the benefits are incalculable. There are plenty of

Before

After

Plastic-covered house

other ingenious things you can do in this business of saving money and energy.

27. CARPETING

When I stumbled on two different studies from two widely separated sources, both saying the same thing to the final digit, I was surprised. But carpeting the floor in your house is an incredible money-maker if it's done properly. It'll prevent heat from escaping, particularly if there's a quality mat beneath the carpet. Kansas City University did a study indicating a net reduction in heat loss of 54 percent. The contractor who argues with me about ventilation came up with precisely the same figure when I asked him. But J.J. went a step beyond that saving.

"Not only is it the most energy efficient, it's probably the cheapest in the long run," he said. "Ask any hotel manager. He'll tell you they pay forty dollars a yard to get the finest carpet available for their lobby. Think of the mess a lobby carpet is subjected to. Rain. Snow. Ice. Cigarette butts and just plain dirt. But regular cleaning keeps good carpeting going for years."

28. CLOSING DOORS

When you open your door to bid hello or good-bye to guests, you open a monstrous hole in your wall. It's a bad habit to stand in the doorway and chat while your hot or cool energy (your money) goes floating out into space. This may be the wildest guess I make in this book, but I have the notion that if conversations were concluded before the door was opened or after the door was closed, your energy bill would drop by at least 5 percent. In a cold area, where fuel-oil costs are running $1,000 per year (a horrid thought), promptly closed doors would save $50 in winter, maybe half that amount in air conditioning in summer.

29. FIREPLACES

I figured I was supplementing the heat from our furnace years ago when I used to haul skid wood and scraps from the office to burn in our fireplace. I remember the horror in my grandfather's eyes and voice one winter evening when he saw what I was doing. The next day, he was back with a cold chisel, hammer, and miscellaneous hardware, still raising the devil about my stupidity. As I saw later when I arrived home from work, he had hammered a hole in the outer brick wall, below floor level, and had installed a sheet-metal duct, about 8 inches in diameter, from outdoors to a grate in front of the fireplace. The grating at each end could be closed or opened. Freezing-cold air could be drawn into the house through the duct and directed into the fireplace, where heat would be radiated back into the living room.

Fireplace duct device

Exterior wall of house

Radiated heat

Hearth grating (with closer)

Adapter from 8-inch round to rectangular shape

Cold air intake screen

Basement

"Your dratted fireplace was sucking away all the expensive heat coming up from the furnace," Grandfather muttered. "You young people don't seem to use your heads at all." And he ambled off, leaving me a bit embarrassed. Within days, I'd studied the system and knew how to control the drafts and ducts when the fireplace was in use. And I realize now that I am only ten years younger today than he was when he straightened me out. Hmm. I wonder if any of my three kids are listening!

30. THERMOSTATS

Looking in the other direction, I discovered that my parents were playing yo-yo with their furnace thermostat. When they felt a draft they'd slap the control to "high"! When the walls started to melt, they'd whap it back all the way to 55. Their heating bills soon became their largest monthly expense. Rather than argue about it, I bought them a $20 thermostat that had a day/night feature—70 for daytime, 60 for nighttime—and it had a tiny latch that discouraged changes.

Furthermore, I did some finagling with the inner workings so the nighttime turn-on was 55 degrees Fahrenheit, which they

never noticed because of the electric blanket we gave them as a Christmas gift. Their gas bill dropped more than a third after I'd delivered my gentle lecture about "hands off the thermostat."

It's a subject we'll encounter often in the pages ahead.

This section includes many items that involve a very considerable capital investment. But in several cases the energy waste is correctable simply by changing your habits. This chapter describes Energy Smarts treatments that, in total, hint at yearly savings in excess of $1,000, more than half the amount a homeowner might spend for a year's energy if he neglected all the items discussed. Obviously, the figures are speculative, dependent on climate, condition of present equipment, and, indeed, the seasons of the year. But they should serve as guidelines and warnings and inspirations.

ENERGY MONEYMAKERS

ITEM NUMBER AND NAME	ANNUAL ENERGY COSTS BEFORE ENERGY SMARTS (DOLLARS)	ANNUAL ENERGY COSTS AFTER TAKING ACTION (DOLLARS)	NET SAVINGS PER YEAR (DOLLARS)
21. Window coverings	200	50	150
22. Awnings (guesstimate; 3 windows, southern exposure)	200	125	75
23. Sealed venetian blinds	150	50	100
24. Roofing color	300	100	200
25. Attic ventilation	150	75	75
26. Exterior wall finish	150	100	50
27. Carpeting	200	100	100
28. Closing doors promptly	50	25	25
29. Fireplace duct system	100	0	100
30. Thermostat controls	300	100	200

6 • TURNING SUNSHINE INTO WATTS

I STARTED THE LAST CHAPTER BY DESCRIBING A BIT ABOUT HOW sun energy is stored up within wood, coal, oil, gas, and other natural products of our planet. They'll just lie there for centuries, doing nothing, until we heat them to the point where they combine with oxygen and start burning, creating heat and light—exactly the way the energy started out from the sun.

CONTROLLING THE HEAT AND LIGHT

The power companies need nothing more than heat to start the process of conversion to electricity. They can burn oil or coal, even wood if it becomes necessary, to create steam in a turbine that'll spin some wheels that will turn a generator that will produce electrical energy. No matter what we use as a prime mover, the generator must be spun in order to create electrical energy. Today, we are generating electricity, at immense cost and indescribable risk, using atomic reactors.

What is electricity? It's the result of electron movement from atom to atom in all substances. If the atom gains or loses electrons, we refer to it as an ion. It's almost impossible to picture the process. These electrons are so tiny that a billion billion (1,000,000,000,000,000,000) of them squeeze through a little night light in less than a second. In a spotlight or 100-watt bulb there might be billions of billions of billions of billions of them traveling through a tiny wire every second. Whew! Their energy, which is the thing we're talking about, is simply their ability to do work.

Now, although I cling to the opinion that a basic minimum of electrical energy is everyone's birthright, that it should be available free of charge for any life-serving purpose, the electrical generating companies take the opposite point of view.

I remember when the Strovanobovnicheks (my neighbor Stub and his wife) went away for a four-month "sabbatical." During

40

that period no gas or electricity was used because he'd turned the utilities off at the mains. My friend came home to find that the water, electric, and gas folks had been there in his absence, locking off all the services because he hadn't paid his bills—the ones he was running up even when the meters weren't turning. He got instant high blood pressure. When the utilities slapped him with "turn-on" charges as well as interest on overdue bills, he said some very illuminating words that generated much more heat than light.

AS THE OLD SAYING GOES . . .

"Nobody ever went broke underestimating the intelligence of the American people." It's alleged that one of our most renowned authors, H. L. Mencken, made that remark, and I truly believe the utility companies live by it.

You must realize that for the most part these are grand monopolies that can always put the blame on somebody else when things go wrong. They can hire squads of lawyers to attend every meeting of the Utility Commission (or whatever your state calls it), greasing the skids for next week's new pitch for higher rates. With a few exceptions, it's impossible for these companies to lose money. We get our bills, and if we don't like 'em, we can lump 'em. The commissioners who determine the rate hikes are usually appointees of the governor. We the people are taking quite a beating from our political/utility fraternity.

CITIZENS' UTILITY BOARDS

I don't want to burden you with chores, but I must beg you to consider organizing some form of citizens' group that'll hire legal experts who can confront the lawyers from the utilities at rate-hike hearings. One of the first successful groups sprang out of a referendum in Wisconsin that required each utility to include in its billings to customers an outline of a plan for a CUB (Citizens' Utility Board) with memberships selling for $3 a year, or less if you couldn't afford the $3. Within the first year the group was re-

ceiving memberships faster than it could reply to them. In the first eighteen months of operation, it reported it had saved the utility users of Wisconsin $150 million in defeated rate-hike requests. Although nobody suggested that the Wisconsin commissioners would have okayed all the requests anyway, they did have to be extra mindful of the people's point of view when 60,000 founding members of the state's CUB were represented by lawyers for a change.

Because of consumer activity of a different type in Idaho, the state's Public Utility Commission stopped the utilities from including political endorsements of favorite candidates in the monthly bills. Connecticut consumers shook their utilities so vigorously that they won $21 million in rebates because of overcharging. In the District of Columbia, Pennsylvania, and Maryland there are citizens' groups watching every move of the utility companies. That's another basic way to save money—keeping an eye on the utilities mob. Join a Citizens' Utility Board!

And there are more Energy Smarts ways, too!

31. READ YOUR GAS METER

It requires only a minute to be sure you're getting a fair count on your bill. Look around the house for the meter. It may be a gray, half-rusted tin box about the size of a portable TV set. And while we're at it, you might as well learn how to turn the gas off in case of an earthquake or any other disaster—look at this illustration.

The dial that measures your gas usage is seen large size at the right, the shut-off valve on the left. You don't need any special tool to work that valve. A crescent wrench, a C-clamp, even a squeezable nutcracker will do if it can grab the stub of the valve and twist it a quarter-turn to the right or left to block the flow of gas through the pipe. Leave a tool near the meter, okay?

Most gas-meter dials are identical to the model shown, perhaps with an extra dial or two. The ½-foot dial, or "test" dial, as it's sometimes labeled, may be seen moving slowly if there's a lot of

gas being used during your reading. The recording dials are those with numbers. You simply write down the last number the tiny hand has passed on each dial, noting of course that in this model the middle dial works counterclockwise. On the three-dial model pictured, the dial at the far right registers 100 cubic feet between numbers, hence 1,000 cubic feet for a complete revolution. Meanwhile, the second dial from the right will move the distance representing 1,000 cubic feet between two numbers and thus measures 10,000 cubic feet during a complete circle of the dial. The pointer at left would record 100,000 cubic feet per revolution, 10,000 between numbers.

The dial shown would read 0 8 4, or 8,400 cubic feet. The fact that some dials are numbered clockwise, others counterclockwise,

is all perfectly normal. Let's suppose next month my meter reads 0 9 6; I'll know that I'd used 1,200 cubic feet of gas (96 − 84 = 12). In our city, served by our rather exemplary Southern California Gas Company, we're allowed a basic number of *therms* (100-cubic-foot units) at a reasonably lower price, currently 46 cents each. For additional therms above the "lifeline allowance," currently 5, the price zooms up to 72 cents each. Since I'd used 1,200 cubic feet (12 therms), my bill would be (5 × 46 cents) + (7 × 72 cents), for a total of $7.34.

Ah, but then the city adds a 5-percent tax, and the state charges a basic fee and surcharge for maintaining its regulatory services—a full-blown rip-off, an outrage. In theory, the money is to be spent for protecting the state's utility users against gouging by utilities. I've been trying to get them to show me how the funds are spent, but to date all I've been able to get is a merry-go-round of telephone calls and promises of budget mailings that never arrive. In my opinion, it should be illegal for any level of government to charge taxes or "service fees" on any utility oil. When are we going to wake up? Politics, not shortages, are basic to our utility, fuel, conservation problems!

32. PRESSURE COOKING

Pressure cookers have been around for decades, and they can save immense amounts of cooking gas. If it takes twenty-five minutes to boil potatoes for mashing, the pressure cooker will get them done in seven or eight. Further, the cooking continues after the gas is turned off. One good pressure cooker will reduce the gas required for an ordinary cooking vessel by about 75 percent.

33. THE MOST EFFICIENT AND VENERABLE WOK

The Chinese were short of fuel forty centuries ago, so they invented an efficient cooking vessel, seen here. The wok is nothing more than a round-bottomed, usually steel pot in which vegetables and/or meat can be cooked at lightning speed by stirring.

The shape of the thing causes the food to keep falling back, only to be stirred around and up the walls and down again. I have anything but a gourmet palate, but believe me, I can tell the difference between a soggy clump of green beans that have been swimming around in boiling water for twenty minutes and a serving of the same item that's been thoroughly cooked but has remained crispy during a two-minute blasting in a wok. These utensils can be used for French cooking or fast foods just as successfully as for Chinese cuisine. A wok hamburger? Why not!

Lid

Wok

Base

Burner

34. STACK STEAMERS

We know that steamed vegetables usually taste better than

boiled ones. So in the illustration that follows we find that the Chinese have done something unique about that proposition, too. This time it takes a bit of planning because we can cook five, six, or more different dishes over one heat source, all at the same time.

Bamboo baskets

Steel water pot

As you can see, the bottom container holds water; the containers stacked atop it, each nesting neatly and safely into the one directly below, are bent wooden rings with stainless-steel mesh for bottoms. The vegetables that take the longest to cook are placed on the bottom tier, and the consecutive holders are added, containing vegetables or meats with progressively faster cooking times. The steam starts at the bottom and rises through all the tiers of containers—one stove burner doing the cooking for many different menu items. The most expensive set of six containers

I've seen to date was $19.95. I'm sure the fuel saving will offset the price within a few weeks of regular use.

35. THE PREHEATING MYTH

For years I wondered about the necessity of preheating ovens, as suggested in the instructions for preparing many foods. Why? I asked a few people who liked to cook, and most of them—correction, *all* of them—replied, "It's written on the package, isn't it?" I asked a chef at a fancy restaurant in Beverly Hills, and he'd never heard of such a thing, although he admitted his ovens were almost always hot to begin the day. A TV cooking lady said she didn't see that it made much difference and did agree that it was a waste of energy, except perhaps when making bread. "But don't quote me," she squeaked. I've tried skipping the preheating with pizzas and all kinds of frozen foods and have come away convinced that preheating is energy dumb.

36. POSTCOOKING FACT

Almost everything you cook goes right on cooking after the heat is off—that's a fact. (If my neighbor Kay says so, it's a fact. If my wife agrees, it's a *law!*) Out of curiosity I heated water until it steamed, then kept the flame going until it started bubbling, then rolling, and the temperature didn't budge. After I turned off the gas, the pot of water held its temperature for five minutes. When I explained this grand discovery to my roommate she said, "So, I've known that for years. Big deal. Where were you when I was standing over a hot stove stirring baby formula?" I let the matter drop immediately, but I know some Energy Smarts I'll bet she never thought of, so there! And she can't rebuild a car engine worth a toot!

Because we use so much gas in heating our homes, we better make sure we have a grasp on the humidity situation. The amount of moisture in the air is not only a matter of saving (or wasting) energy money, it's also a very important factor in our health. If the amount of moisture (relative humidity) in our air

Webbing or canvas "wick" to dangle into water-filled container

Hooks to hang on radiator or heat outlets

Homemade humidifier

gets down to 10 or 15 percent, it becomes a lot harder to keep the house warm. We have to be sure there's a minimum of about 30 percent humidity in the air we're breathing, unless there are medical reasons to suck in only bone-dry air. Let's cover two of these vitally important subjects right now.

37. HUMIDIFYING

You can buy a humidifier that nests right into the bonnet or plenum (the top part) of any hot-air furnace. It'll release moisture into the hot air that rushes past it. In my case, when we were first starting out with a family we could not possibly afford such things. With my grandfather's help, we bent and soldered up a dozen wide, deep tin containers like the units pictured. In one house, where the air was heated in a coal furnace and gravity-fed through registers in each room, we hung the units in front of the registers.

You'll notice that the containers hold water, which is sucked up through a cloth wick above the top rim. Each of these cans holds 3 quarts of water, and when the days are cold and the furnace is running hard, it's necessary to fill eight of them every day—that adds up to about 6 gallons of water we would be injecting into the air daily. In those earlier times, the air was just moist enough to lubricate our children's breathing passages. But we also used less fuel, by far, than our next-door neighbor, who had no use for humidity gadgets. His wallpaper was cracking and the furniture was coming apart at the joints, but he didn't seem to notice. Later, when we moved to a house where the heat reached us through

giant cast-iron radiators, we hung the cans behind the monstrosities, out of sight. By that time, the oldest child could zoom around the place filling the containers—for a small fee, of course.

38. DEHUMIDIFYING

In wet areas, too much moisture can be a huge problem. We have friends whose houses are built on stilts jutting out over the Pacific Ocean. That's all very nice, except they're usually groaning about the mold that is consuming their shoes and other clothing. If the humidity is high, say 90 percent, excess heat will not be able to handle it, and the hot, circulating air will make you think you're stumbling around in a swamp. Fans might help, but maybe the incoming air will be as wet as the treated air you're pushing out. If there's no easier, cheaper way, air condition the internal air. Lowering its temperature will cause it to release its moisture. Also, there are portable boxlike dehumidifying units that cost about $100–$150 each. The cooling coils in the portable units gently draw the moisture out as "dew," which turns to frost on the coils, then melts away as water into the pan in the base of the unit.

39. AIR TREATMENT AT THE FURNACE

The ultimate method of heating, cooling, and treating the air in your home is to install an electronic air-treatment system that pulls out pollen, dust, and specks of foreign matter, even smoke particles, then passes the treated air to the cooling coils or heating chambers within the furnace. The units operate electrically even when the heating unit is gas fired or coal fired. Some of the units are portable, costing about $500, and do essentially the same thing. I have heard Honeywell's name more than any other when portable units are discussed. Whether portable or permanently installed in a central system, the process treats the air in a similar fashion. When the air is drawn by a fan past the first electrically charged screen in the system, it becomes negatively charged. The next screen in the system is charged positively, and so the negative particles are attracted to it. After three or four sets of such

screens, the air is not only filtered, it's almost sterile. Although this system will cost you quite a lot of money to buy, it still qualifies as an Energy Smart because it's using energy for a healthy purpose. It may cost you a dollar or two per month in electricity, but it could save you a fortune if it prevents a rush trip to the hospital. Asthmatics, hay-fever folk, emphysema sufferers, and those with any kind of respiratory disease can benefit from dehumidifiers, and in such circumstances they become tax deductible,* on a prescription from your physician.

40. EVERYDAY FILTERS

All things considered, it's a wonder that so many of us survive the pollution we endure just breathing, in many urban areas. So we must do some routine things for self-protection. If you have a central-heating unit, it will surely have a cold-air intake, unless it's a potbelly stove or the equivalent. Our new furnace has a filter that is simply withdrawn, washed out with water, and replaced, clean and wet. I do that job twice a year. In addition, I make filters of ¼-inch and ½-inch foam rubber for just about everything that processes air. I even add an extra homemade filter over the cold-air intake of the new furnace. But window air conditioners are probably the worst offenders. They're set into place and forgotten. New filters for the things cost a lot of money and are often hard to locate. So I cut my own every six months, simply trimming the foam rubber to the correct size with a pair of shears. Because I'm asthmatic, I trim filters for every hot-air outlet in the house, too. The job of unscrewing the dozen-plus vents and setting in new rubber filters takes three hours, at most, twice a year. The cost per filter is about a nickel the way I buy the basic material, in large blankets about 48 inches wide and 3 or 4 yards in length. I buy enough for a couple of years for $5–$6. I use the same technique for the cars, too, but that'll become obvious in Chapter 10.

In the summary that follows, the assumption is made that the equipment and/or technique discussed is not now being used at all. The figures are speculations on the energy savings that might

be realized in those cases where neglect is replaced with a bit of Energy Smarts.

Items 31, 35, 36, and 38 have too many variables to make even speculative guesses about savings before and after you take an interest in the subject. On the day I prepared this chart, a former colleague dropped by for a visit and observed that the very first time he checked his gas meter he received a rebate check for $40 because the last reading had been incorrect. The phone company and electrical company have a habit of overcharging, too, if you don't examine their bills. They seem intent on getting your money one way or another.

As for the electronic air-treatment devices, the costs of purchase and installation might range from $400 (for a portable unit) up to $2,000 for a model made for a six-room house. The amounts indicated suggest only the energy savings after such equipment is installed, with no attempt made to include medical advantages or capital expenditures.

ENERGY MONEYMAKERS

ITEM NUMBER AND NAME	ANNUAL ENERGY COSTS BEFORE ENERGY SMARTS (DOLLARS)	ANNUAL ENERGY COSTS AFTER TAKING ACTION (DOLLARS)	NET SAVINGS PER YEAR (DOLLARS)
31. Reading your gas meter	?	?	?
32. Pressure cooking	100	10	90
33. The efficient wok	75	10	65
34. Stacked wicker steamers	100	10	90
35. Preheating myths			25
36. Postcooking facts			25
37. Humidifying	75	10	65
38. Dehumidifying	?	?	?
39. Total air treatment	200	25	175
40. Everyday filters	50	5	45

7 · WHY YOUR ELECTRICITY BILLS CAN KILL YOU

EVEN IF YOU STICK YOUR FINGERS IN THE LIGHT SOCKET IT'S not likely you'll get killed, unless you're standing in bathwater. But don't try it—it has been known to eliminate the faint hearted. The greater danger lies in just opening your electric bill. Or if they don't get you that way, maybe the cavalier manner of electric companies will shock you senseless. The point I'd like to impress upon you is that the nation's electrical system is a wearisome mess.

THE CHAMPION POLLUTER

Like Topsy, the system just "growed." Most of it works, most of the time, but the vulnerability of our electrical system was seen dramatically on November 9, 1965, when more than 30 million Americans and Canadians on the East Coast endured a total blackout for a day and a night. A penny-ante switching device had failed.

The countryside looks like a mess because of the ugly structures that support high-voltage lines. Most metropolitan areas look even worse because of the poles required to hold up local transformers and wires.

It takes only a hot day or a cold day, a rainstorm or a long period of drought, to knock out the electrical supply to a region. Meanwhile, the few thousand private companies and the few hundred governmental units collect ever-increasing amounts of money through ever-inflating rate structures.

A few well-managed, efficiently operated systems that have long since paid off their initial capital investment could be found in the late seventies churning out a steady supply of electrical energy at 2 cents or less per kilowatt-hour. In the mid-eighties, 6 or 7 cents was the norm, and many communities were being pushed up to or even beyond a dime. Freely translated, that means it

costs a penny to operate a 75-watt bulb for an hour, or 2 cents to toast a few slices of bread.

For starters in beating the energy scams, you might practice reading your electric meter and pick up on some other Energy Smarts.

READING THE ELECTRIC METER

Somewhere in your apartment or house, you'll see a gizmo resembling the device pictured below. If you can't locate it and yours is a single dwelling, glance overhead for heavy wires entering your premises. Trace the piping in which they travel, probably to a heavy box that is sealed; the meter is adjoining.

The dials behind the glass cover are read the same way as your gas meter. Record the number on the dial that each pointer has just passed. The space between any two numbers on the far right dial represents 100 watts; that means 1,000 watts (1 kilowatt) for a total revolution. The second dial from the right records 1 kilowatt between any two numbers. That would mean 10 kilowatts for a once-around the dial. In the illustration, the far-left needle is directly over "6," so you glance one dial to the right and see that the needle has passed "0," so doubtless you've moved beyond the "5,000" series. The correct reading on this dial would be 6 0 6 4. If

From supply

To house

Meters record watts used

| 1,000,000 | 100,000 | 10,000 | 1,000 → revolution |

Per

Correct reading is 6064. Although left-hand needle seems centered on the "6," the next needle has passed the "0." By the time the right-hand needle reaches its own "0," the second from right will be at "7." Since this month's reading is 6064, if last month's was 6034, you would know you had use 30 kilowatts since then.

last month's reading had been 5 7 4 4, you'd know you used 320 kilowatts (6,064 minus 5,744). Some meters read different amounts but their dials are labeled accordingly. For example, the dial at far right might measure 10 kilowatts per revolution. See yours before calculating.

In our town we're allowed 240 kilowatts at 6 cents each, with additional units costing 9 cents each. So the bill in this case would be a total of (240 units × 6 cents) + (80 × 9 cents), or $21.60. Even at these inflated prices our utility wants more, including millions to bail them out of their local atomic-power mess. Why should the consumers pay for management/labor errors? Why can't the shareholders take their losses the way other investors are required to do? If I borrow money from relatives to open a bicycle shop that later fails, should I expect to collect extra money from all my customers to pay my debts? Hardly. My relatives and I would be expected to take our lumps. Again, the best thing we can do is to keep close watch on all utility companies, insisting they clean up their act, even while we do the same with our own.

41. DISHWASHER

Good ones, with quality Energyguide ratings (more on this coming up), use less water than most families use washing dishes by hand with the two-sink system—one for hot, soapy water, one for rinsing. Operated prudently (that is, when there's a full load of dishes and enough time for them to air dry rather than dry with the built-in heating unit), a dishwasher is economical, and the dishes emerge cleaner, with less bacteria. If the dishes "spot," you have to seek out the exact detergent/water softener combination to get the glassware and china squeaky clean. Yes, it takes electricity to pump and swirl the water, but most appliance makers nowadays are trying to make their products more energy efficient.

42. CLOTHES WASHER

A 1983 study by Honeywell, in Minnesota, revealed that folks across the country preferred one appliance more than all others.

Of course you've guessed by now—it's their clothes washer. Clothes washers were at the top of the list in 70 percent of 1,224 households queried. The basic question was "Which of your convenience appliances would you least like to give up?" After the washer came cars, central heating, the kitchen stove, lighting, clothes dryers, then small appliances and air conditioning.

The best washer to buy, in my book, is the elaborate model that permits selection of many different temperatures, water levels, and cycle times, for soaks, delicate fabrics, permanent-press clothes, and all the others. And I'd pay extra for a "suds-saver," which would enable me to reuse the first hot wash water. Before buying, I'd examine the back of the cabinet to see how readily I might get into the appliance for repairs when needed. I recommend to everyone an expensive but extraordinary book entitled *How to Buy, Repair and Maintain Home Systems and Appliances,* from Arco Publishing, 219 Park Avenue South, New York, NY 10003. The author, Jeannette T. Adams, has put together a whiz-bang home manual that covers her subject superbly. Priced at $30, it's as big as a bread box, but it's easy to read and it's got every possible piece of information you need to keep household things working—except Father, I suppose.

My automatic question when setting out to buy big-ticket items is "How long will I need it?" If I use a washer five times a week for ten years, that'd be 2,600 workouts. At purchase time, a $250 "economy" unit seems like a bargain compared to a $400 "deluxe" one, but on a per-use basis, less trade-in value, it's not a significant difference—6 cents more to use the "expensive" washer that might be saving me a dime a load in hot water. Got the idea?

43. CLOTHES DRYER

If I had a choice, I'd go for a gas dryer and avoid problems of running 240-volt wiring for a good electric dryer. If I can see that it won't be a big job to get into the back of it to replace a drive belt, as ultimately I will have to do, so much the better. I need several heat modes, including a no-heat, tumble-dry setting. If I were going for gas, I'd be darned sure the gas cut-off was fail-safe and the appliance had electric ignition. I'd also adjust the heat

outlet so that the air could be vented indoors on dry, cold days to help balance the humidity in the house; I'd then want to be able to swing a lever and vent the excess air to the great outdoors. And I'd probably realize an immense saving if the light clothes, like permanent-press shirts and filmy things, were never, but never, permitted into a clothes dryer. They'll last longer and "finish" better when placed on appropriate hangers and allowed to dry au naturel indoors or out. One-hundred-percent-wool shirts and sweaters deserve the same tender loving care, away from machinery.

44. ELECTRIC IRON

I examined the irons at our largest drug, department, and appliance stores after reading about them in one of the consumer-survey magazines. Their recommendations were right on the button as far as I could see. The $15 cheapie was overpriced, and the $40 superdeluxe/special/all-purpose number seemed like a splendid purchase. Most important, the energy efficiency was many times greater in the better-made irons. The junkers would be dissipating their heat in all directions, including the handle. An advisor tells me she hasn't used her electric iron in years, even with the new trend toward natural fabrics. She buys the treated items that look attractive even when drip-dried. "I groan when I pay $25 or more for my husband's shirts, but when I compare the price to cheap items that'll need commercial laundering or home ironing, the expensive ones are worth the extra cost." She's right!

45. SEWING MACHINES

I have learned the hard way that a good, used industrial machine is usually as good after thirty years of use as the day it was new. Although my interest in sewing machines is not intimately related to the saving of electrical energy, it ties directly to the saving of money with appliances. They can be more entertaining than a television set, believe me. They can save immense amounts of human energy. We save a small fortune in sewing up rips and tears. We have reupholstered a half dozen sofas during the past

decade. In the garment center downtown, I can buy a proven, hard worker of a machine for $200, much less if I'm in good bargaining form. The new fancy-schmancy toys in the big department stores offer me the one advantage of special stitches and push buttons. They may look more appealing, but so what! For $600 or $700, they should be *self*-operating. An old machine is rugged and unbreakable. A new one even looks fragile and would probably collapse of fright if I approached it with a torn car-seat cover. There are some appliances that were made better long ago. I consider sewing machines at the top of the list, with vacuum cleaners following close behind.

46. DIMMER SWITCHES

Unless you have lots of chandeliers, you're not likely to save magnificent sums by using electronic light dimmers, but nevertheless they will reduce your electric energy usage and certainly reduce the replacement of incandescent bulbs. There are dimmers that control fluorescent bulbs and tubes, too, but they are expensive. Dimmers are readily fastened into position where the standard toggle switches are installed. We have two $5 light dimmers working in our house. Each controls a maximum of 150 watts of light. We run these fixtures at about half strength, perhaps three hours each evening. I guess we use them 200 nights a year. So we're saving 75 watts × 2 fixtures × 3 hours × 200 nights—that's nearly 100 kilowatts a year (less a fractional amount lost in the dimmer electronics). Hmm. Maybe I should install more of them.

47. BIG-WATTAGE BULBS

Do you have many of those ceiling-type fixtures or lamps with three, four, or more bulb sockets? A four-socket fixture seems to beg for four 40-watt bulbs. If the situation permits, replace the four bulbs with a single big-wattage bulb. A single 100-watter will give almost the same light as four 40s, since the larger the bulb the more efficient it is. Actually, there's about a 25-percent efficiency boost in such an arrangement, so you'd be saving about 40 watts (25 percent of the original 160 watts). Now, if you could re-

place that incandescent socket with a dual 40-watt fluorescent your 80 watts of fluorescent light would shine twice as bright as the four 40-watters and use less than half the electricity.

48. FLOODLIGHTS

Regular incandescent bulbs of higher wattages, 100–150 watts, are often found outdoors in half-shell reflector fixtures, usually coated with white porcelain. A 150-watt modern floodlamp with a reflector built inside the glass bulb will prove much cheaper to operate, will provide crisper light, and will last four to five times longer in normal service.

49. MOTORS

There have been extraordinary improvements in the efficiency of motors during the past decade. And they're gone up in price, too. But if and when a motor fails in your workshop, appliances, pumps, or whatever, shop around for your replacement. Thirty-percent efficiency improvements are not unusual. In other words, if your drill press has been requiring a nominal ½-horsepower motor, you might be delighted to have it run even better with a new motor that uses two-thirds the energy. Recently, on a pool filter, we replaced a ½-horsepower monster that was using 9.5 amperes of current with a ⅓-horsepower Energy Saver® that soaked up only 6.2 amperes under full-load conditions. Saving? Three and one-third amps per hour—approximately 400 watts. On the 12-hour cycle on which it was operating, the saving was 5,000 watts a day, or $14–$15 per month. You may have to study some technical things if you wish to start saving a lot of dollars on motor use, but the subject is a fascinating one. AC, DC, capacitor-start, squirrel-cage, series-wound, shunt-wound, compound—there are applications for dozens of different types. Remember, in most homes and offices it's the motors, not the lights, that are guzzling power frantically. Get a library card and discover where the adventure really is—not in the fiction stacks, in the section on elevators!

50. POWER CONTROLLERS

When NASA started popping rockets into space, it needed the most efficient motor possible. Research was begun thirty years ago, and some delightful breakthroughs have resulted. Seen in the illustration below is Watt Wizard, one of the several brands of power-factor controllers that can really save money. As you can imagine, the motor in a washing machine works a lot harder to get a load of clothes moving from a dead stop than it does to, say, spin them when they're partially dry. A controller doles out the energy as needed. A power-factor controller can be installed by simply plugging it in between the wall socket and any appliance that uses some kind of heavy-duty induction motor. It'll conserve

about half the energy by letting the motor "coast" when full power isn't needed. I used one on my refrigerator and observed on my ammeter how it could keep the thing running full-tilt on about half the power once the motor had started. If you can't locate a $20 power-factor controller at your local hardware store, contact Watt Wizard, c/o Cynex Manufacturing Company, 28 Sager Place, Hillside, NY 07205. It'll pay its own way, fast!

Estimates on dimmer switches, big-wattage bulbs, and floodlights are based on my own experience in a six-room residence with only two adult occupants. Figures are based on new replacements for old equipment.

This chapter is difficult to summarize in terms of potential savings because there is such a wide variety of appliances and circumstances to be considered. Although the savings in dollars are vague, they can be very significant if the suggestions in the text are heeded.

ENERGY MONEYMAKERS

ITEM NUMBER AND NAME	ANNUAL ENERGY COSTS BEFORE ENERGY SMARTS (DOLLARS)	ANNUAL ENERGY COSTS AFTER TAKING ACTION (DOLLARS)	NET SAVINGS PER YEAR (DOLLARS)
41. Dishwasher	?	?	?
42. Efficient clothes washer	100	75	25
43. Efficient clothes dryer	75	50	25
44. Efficient electric iron	?	?	?
45. Sewing machine	?	?	?
46. Dimmer switches (2 installed)	100	50	50
47. Big-wattage bulbs	75	50	25
48. Floodlights	25	15	10
49. Motor Replacements (2)	100	60	40
50. Power controllers (2)	90	60	30

8 • OUR CORNUCOPIA OF ENERGY

JUST THINK! THE SUN SHINES—IT'S ENERGY! THE WIND BLOWS—energy! The tides rise and fall—energy! Rain comes down—energy! Some of the research for this book is sprinkling out of my physics notebook from high school.

I read the fading notes. The subject was energy, and I see that I defined a *BTU* as a kiss from my mother and a *kilowatt* as the occasional kiss I might get from my girl. Let's fool with the subject some more.

GETTING TO KNOW U'S

BTUs, that is. We've encountered them several times—our basic measurement of energy. A British thermal unit is the heat required to raise the temperature of 1 pound of water 1 degree Fahrenheit, remember? It's the amount of heat stored in half a birthday candle.

A gallon of fuel oil will produce 140,000 BTUs.

A ton of coal will release 25 million BTUs.

Now, concentrate on energy ... energy ... energy!

A 1,000-watt light bulb will involve 3,400 BTUs hourly.

A one-mile walk will work off about 300 BTUs.

A bike ride will require 200 of them.

A warmed-up car uses 8,000 BTUs per mile.

It's been estimated that you or I consume, expend, store up, and transfer about 500 million BTUs in every year of our lives. And according to my old notes, there's as much energy on the planet today as there was 10,000 years ago. It may be here in a different form. It may have a different name. But it's here. Any losses we may have endured have been replaced many times by the sun.

WATER ENERGY

Next to the air we breathe, water is our most important need in

life. Without water we might last a week. Growing 1 pound of any vegetable or fruit, such as a turnip or an apple, requires about 1,000 pounds of water. In the United States, we get about 7,000 *trillion* tons of water falling on us annually as rain; some evaporates into the air, condenses into clouds, and falls again as rain. If it gets into a river, there's a likelihood the water will be trapped behind a dam and the pressure of its falling to a lower level will be used to create electrical energy. The potential energy in water is beyond the comprehension of most of us.

GENERATING ELECTRICITY FROM WATER

We build a dam across a river, then permit some high water behind the dam to enter a pipe at the bottom of which is a turbine wheel fastened to a generator. The tremendous pressure of the falling water whams against the turbine blades, making them spin and turning the generator, which gives us safe, instant, practical electric power. But the water continues on to release its energies into irrigation channels to grow our food or perhaps to travel through the pipeline beneath the streets to our homes. By this time it's been treated with chlorine and filtered for human consumption. On average, each American and Canadian uses 150 gallons of water daily, most of it for bathing and waste disposal. That water, as sewage, is treated for return to the ocean, where it will be evaporated by the sun, move upward to form clouds, then fall as rain, and so back to the river, the dam, the turbine, and the pipe to your home. Somewhere near your house or apartment, the water will go swirling through a water meter, probably like the one pictured below. In cold climates, where the water delivery pipes must be very deep, maybe 3 feet below grade level, the meter may be located inside the residence. In temperate climates, water meters are usually nested into concrete boxes with metal caps, at ground level. Lift the cap and you'll see your meter.

Observe how the test meter reads small amounts, as little as 10 cubic feet of water per revolution. This lets you detect leaks if you suspect any in your residence. As we saw with the other meters, some dials spin backward, some forward. Simply record the last number passed by each pointer. The meter pictured here would

read 1 6 5 6 3 1 (0 0), because the final dial counts 1,000 cubic feet per revolution—100 feet between numbers. Got it?

THE COST OF WATER

Each 100 cubic feet of water represents 748 gallons; let's call it 750, okay? In my community, the first 20 units we use (15,000 gallons) every two months cost us 61 cents a unit, or about $12. Not bad. The charge is approximately $1 per 1,000 gallons. Units beyond 20 are charged at 69 cents per unit. Now—watch out!

We're zapped with a (variable) charge for continuing service. Add on $3 per bill for rental of the meter.

Reads <u>1</u> <u>6</u> <u>5</u> <u>6</u> <u>3</u> <u>1</u>. Because the "1,000" dial counts 100 cubic feet between numbers, the correct reading would be 16563100 cubic feet. The "10" dial is simply a good tester for finding out if there's a leak in your water system.

Add $3 for capital improvements, such as new pipes.

Add the city's 5 percent tax.

Add the sewer tax, which is 26 cents for every 750 gallons, which is figured on half the water we bought originally. (The assumption is that the other half is either sprayed on the lawn or in some way never gets back to the sewer for recycling.)

Then there's a surcharge for the fire department. After all, there could be a fire in this house someday, and in that case the firefighters will be hooking up their hoses to knock the fire down.

Finally, we send some money to the state. California isn't called the Golden State for nothing, you know.

As you can plainly see, the water business is a hodgepodge of charges and semiconcealed taxes. I do pity the water experts and managers despite my dismay at the astonishing way they do business. And I tell you all of it because you should comprehend the frailties of the energy systems we dare not take for granted. They are, for the most part, fragile, overtaxed, poorly administered, and neatly ignored until they fall apart. Now, when I ask the water experts why water is so expensive, the reason they give is their electric bill. It's become ridiculously expensive to pump water, to get it from rivers and/or wells and into your house. Thus goes the energy game—around and around and around, endlessly. Again, the basic rates are regulated, but there may be more politics in the water business than the others, and wherever there's politics—*prenez garde,* as they say in France.

51. WATER RESTRICTORS

Most water companies will supply free, on request, small plastic tubes that fit into the sprinkler of your bathroom shower. Only the bathroom specialist will recognize the minute difference in water volume but it will save you money.

52. TOILET TANKS

In my opinion, it's rather silly to place one or two bricks in the toilet tank to reduce the volume of water. It's better to make sure that the main valve in the tank isn't leaking and the overflow dis-

charge pipe isn't running nonstop. You'll be able to tell at a glance if the water level in the tank is too high—if it's spilling over into the overflow after the float ball reaches its highest position. Also, it's a false economy to lower the level of water so much that each flush takes two operations in order to clear the bowl. However, you might save a gallon of the six or seven in the tank by lowering the water level about 2 inches below the mark you'll see etched into the porcelain and usually labeled "water level." Adjustment is made by screwdriver or by bending the float rod.

53. LEAKY FAUCETS

A dripping faucet (at about 40 drops a minute) will cost you between $30 and $50 annually. A faucet that wastes a hairline stream of water when you turn it off will do you out of $50 to $100 per year. Remember, it doesn't require a $50-an-hour plumber to correct leaky faucets. Any handyman should be able to show you how to do it if you don't know already. If in doubt, I urge you to visit with your local hardware store. Select a faucet resembling the type you have and ask the salesman to show you how to get inside the thing to replace the washer and maybe smooth the seat against which the washer is depressed. Despite all the grade-school instructions I've read in fix-it books, there are a couple of tricky nuances in faucet repair. After you've done one you can do them in the dark. Slowly but surely, I am replacing all the overpriced faucets in my place with all-plastic, no-washer faucet systems, which can frequently be installed without tools, with just finger pressure, after the original installations have been wrestled into obscurity.

54. PREVENTIVE MAINTENANCE

The water system, more than any other household utility, cries out for regular preventive care of the tender, loving variety. On a rather persistent schedule, we spend about $3 monthly—$1 for lye for the metal washbasin drains and $2 for the toilet-bowl liquid to keep the waste lines as clear as possible. The one time we had to call the "Roto" chap was after a plumber had installed a new base under the shower and neglected to remove the rag he

had stuffed into the drain to prevent plaster from falling into it. "Roto" was the plumber's brother-in-law—I'll never know how they divided the bill.

55. SHOWERS VERSUS BATHS

People in my line of work can feel foolish. You would too if you called several plumbers and others as I did to ask about the cost and frequency of baths and showers. Here's what I uncovered in my unscientific survey:

1. A five-minute shower will use 12 gallons of water, half of it hot, half cold. A bath will average 25–30 gallons of water.

2. Less than half the population bathes daily, by either shower or bath. The national average is estimated at four wash-downs weekly, two-thirds being showers.

3. Older people bathe less frequently than middle-agers. Early teens scrub the least. Understandably, athletes shower most often. It is possible to shower too frequently, by the way. The skin can be affected adversely, said an athletic director. Two showers a day should be the maximum, he added.

4. Most people prefer a shower or bath before bedtime, I discovered after chatting uncomfortably with ten people, six of whom enjoyed "sponge baths," head to toe every A.M.

Two doctors I consulted on a research basis (happy-hour cocktails) considered daily bathing an absolute must. When asked about water conservation, both of them gave answers that are unprintable.

A neighbor told me about the things he finds in drains during his work as a "Roto" franchise owner. Hair and soap obstructions are by far the most frequent water stopper. The next items, the commode blockers that have made him rich, are children's toys, including plastic ducks, miniature bikes, dollies, socks, and washcloths. My man's proudest "recovery" from a sewer line was

a gold-encrusted upper denture. The worst habit people seem to have is discarding kitty litter down their drains, according to my expert. Once gathered in a drain bend, it turns to cement, or worse.

56. SWIMMING

Water's special contribution to people may be its effectiveness in exercise. Swimming is considered by most specialists as the single best physical activity. Once a 20,000-gallon swimming pool is filled, it will require less than 500 gallons annually to replace evaporation and splashing if a pool cover is used. The same cover will reduce loss of heat by as much as 75 percent, according to my consultant. A pool serviceman I've known for years told me that pool owners who don't use solar panels to heat their water but use natural gas instead are either too rich or too "loco" to know better.

57. EVAPORATIVE COOLING

Air coolers that operate on the principle of evaporation can be effective only in a climate that is normally very dry and hot. Models of every size, shape, and description can be seen in the Sun Belt. Some are low-capacity, as inexpensive as $25. Room units at $50 and rooftop, whole-house systems for $200 can be seen everywhere across the southern half of the United States. The principle is simple enough. Hot, dry air is sucked into the four sides of the unit by a blower. The louvered sides are being soaked constantly by water dripping down a pad lining of wood shavings, the water being recirculated through a small pump in the bottom of the pan. The air picks up the moisture and is cooled instantly. The temperature drop can vary from 8 to 15 degrees, depending on the wind, heat, and relative humidity outdoors. The doors and windows are left open, the cooled air moves gently throughout the entire structure, and the cost of operating such a cooler is invariably less than a quarter of the expense of a house-size, compressor-type air conditioner.

In our summary at the close of this chapter, we will assume that a house-size system is installed where there was none before. The cost of operating the unit will be considered, as well as the electrical power for the blower and the water that is evaporated for cooling.

Typical evaporative cooler

Water is repeatedly pumped into troughs to filter water down through the pads

Recirculating pump

Giant fan sucks hot air into box through moistened pad

Water level valve control in bottom pan

Water supply from house

58. OUTDOOR WATERING

I'd heard a gardening expert state that it made little difference to plants whether they were sprayed with water at midday or midnight. I checked with our area's largest garden shop. Their expert agreed and added, "We do all of our watering before sunrise."

The company had discovered they saved half the water by spraying in the dark, and the displays looked fresher for their customers. When the same grasses, trees, flowers, and shrubs were watered at high noon, much of the water evaporated almost instantly. Years ago, I knew a very rich fellow in Trenton, New Jersey, whose automatic lawn and garden "estate sprinklers" popped up and soaked everything each day at 10 A.M. and 4 P.M. One Sunday afternoon, he inaugurated a new store in his chain by holding the year's most formal garden party. The area's foremost politicians, industrialists, and socialites, perhaps three hundred of them, were there when the water system went into action. Everything and everybody, every rented white jacket and $50 coiffure, the caterer's buffets and the photographers' cameras, was ready for drip-drying before Bud remembered how to turn off the water timer. The region's society page luminaries are still talking about it, twenty years later.

59. ICE WATER

Open containers of liquids and ice-cube trays in the refrigerator will tend to waste both the liquids and electrical energy. The cooling effect of the refrigerator (which costs you money) dehydrates food inside it (costing you more money). If you leave ice cubes in a closed refrigerator of the automatic-defrosting type, the cubes will actually disappear in about a month.

60. VAPORIZERS

If there is not adequate water vapor in the air you breathe, you will be subject to many health problems. Old-fashioned wood stoves were built with containers molded into their sides. By

keeping the containers filled with water, the family could replace the water vapor they were giving up through the drying action of the fire in the stove. When a family seems to suffer continually from colds or general malaise, the problem can often be traced to household air containing too little or too much water vapor. A $20 hygrometer (humidity gauge) is an invaluable household appliance. Usually, a figure between 30 and 50 percent proves adequate.

You will observe at once that conditions vary so much that it's impossible to make reasonable speculations about energy savings in our use of water. Our habits differ. The varying sizes of our residences also cause wide variations. The one vitally important consideration we should all share equally concerning water and its use is an attitude—to use it wisely, regardless of any monetary savings that may be derived. In this area, the word *conservation* has a valid and responsible meaning.

ENERGY MONEYMAKERS

ITEM NUMBER AND NAME	ANNUAL ENERGY COSTS BEFORE ENERGY SMARTS (DOLLARS)	ANNUAL ENERGY COSTS AFTER TAKING ACTION (DOLLARS)	NET SAVINGS PER YEAR (DOLLARS)
51. Water restrictors	?	?	?
52. Toilet tanks	200	150	50
53. Repairing leaking faucets	100	50	50
54. Preventive maintenance of drains	75	0	75
55. Showers versus baths	?	?	?
56. Swimming-pool management	400	100	300
57. Evaporative cooling	?	?	?
58. Outdoor watering (average)	200	100	100
59. Capping ice water	?	?	?
60. Vaporizers	?	?	?

9 • SAVING ENERGY MONEY NATURALLY

NOW, WITH ALL THE BASIC THINGS COVERED WE CAN ENJOY THE greater fun of saving money with them the way they really work—together. And these will lead us on to the really exciting possibilities in other energy savers. It's not fair, though, to discuss energy without mentioning an appliance that may well be our greatest convenience and that we've only recently stopped taking for granted.

THE COVERT ENERGY EATER

Not many of us think of the telephone as an energy-consuming monster, because it has become such a routine part of our daily activity that we forget about it. Back on page 55, where we were discussing the study of appliances people would least like to give up, I was amazed that the telephone didn't even get a mention. We don't think of telephones as appliances, I suppose. But you pay a lot of money for the energy needed to make your telephone calls. You can be thankful you don't have to pay the phone company's electric, natural gas, and gasoline bills. When your phone rings, boom, there goes more than 100 volts of alternating electric current. There's not much current (amperage) involved, but somewhere some kind of fuel was used to provide that spurt of energy.

Then, when you pick up the phone, the 100-plus volts of AC (alternating current) are disconnected, and your conversation is carried over the lines by ever-present DC (direct current), about 28–30 volts of it, depending on how far your home is from the central phone office, where gigantic storage batteries, bigger than grand pianos, sit row upon row, silently doing their work. Don't think you're not paying for it. As you surely must know by now, Ma Bell has gone into some new activities, and your bills for the local "Baby Bell" company are going to keep on soaring, unless

71

you get into one of those utility clubs we talked about back on page 41.

Furthermore, as you probably realize, many long-distance calls nowadays are routed by way of satellites in stationary positions 22,300 miles overhead. They weren't lofted into outer space by a rubber band. You are paying the fuel bill for the rocket that carried them up there. As you soon realize, almost all of our energy resources get tied together eventually.

61. THE TELEPHONE

Most, not all, Americans were served until recently by telephone companies owned by Ma Bell (AT&T). She didn't go out of her way to tell you, but on every month's bill, hidden in the "basic charge" was an amount alleged to be the rental fee for your telephone(s). If, in 1984, you were paying $2 a month rent for a rugged old phone you had installed in, say, 1954, then you would have paid a total of $720 to rent a phone that probably cost less than $5 for Ma to manufacture twenty years ago. Not a bad chunk of return on capital investment, eh? Nowadays anyone can hand the company back the rented phone and install his or her own. Check with your bookstore for a recently published, inexpensive, illustrated book entitled *Kiss Ma Bell Good-bye,* an easy-to-read how-to book that Crown Publishers and I put together in anticipation of such problems.

Since writing that book, I've altered one conclusion. Now I'm inclined to think it makes more sense to own three or four telephones that sell for $10 each than to go for one new, name-brand instrument that might cost $40 or $50. The *best* combination, as I see it right now, is to have one or two older, ruggedly built models, one with a rotary dial, the other with a push-button pad, *plus* a couple of modern, cheap throwaways (selling for $10 or $15 if they are the "tone" type). You'll save your rental charges and be in control of at least a small part of your phone system.

62. THE DIAL-TONE CHARGES

By whatever name the phone company calls it—"basic service"

or "gotcha"—you're going to be stuck with ever-increasing charges for the connection between your residence and the nearest central office of your phone company. It's the cost of picking up the handset and hearing the dial tone. If you paid $5 for that service in 1980, you'll probably be facing $20 or $25 for the same thing in 1990, month after month. Again, your only recourse is to initiate or join some kind of Citizens' Utility Board and raise Holy Ned every time the phone company wants to increase its profits at your expense.

63. PHONE REPAIR CHARGES

When you were renting your phone, repair service was free. Nowadays, things are different. Even if you continue renting, you'll be paying for repair calls *unless* service problems exist on the outbound side of the terminal where the phone lines enter your residence. A $5 book such as *Kiss Ma Bell Good-bye* may enable you to avoid $50 and $150 service/extension charges as problems occur in your phone lines.

64. LONG-DISTANCE CHARGES

Because I seem unable to control my own long-distance phone usage I'm a poor one to urge you to save money by eliminating long-distance calls. One possibility is to keep a close eye on the competition among the old and new suppliers of long-distance telephone services. MCI, Sprint, and AT&T are among the major suppliers at this moment, but there are at least ten other companies entering the business, and maybe they'll get into a price war from which you can benefit. In my own experience, the Watsons (one of the families at our patio party) claim they have reduced their long-distance charges from a monthly average of $80 to $50 by shopping around.

AT&T grew so large that it became the target of an antitrust action of the Justice Department, a decade-long process that seemed necessary to preserve the "private enterprise" of our capitalistic system. Only time will tell whether we the people are the

winners or the losers in this historic reorganization of our communications network. The reality of the situation, however, compels every prudent householder to take a more active interest in those things that are of common benefit to all of us.

We may find ourselves stymied in the future by faulty energy and telephone systems if we don't oversee the moves that are made almost daily by the monopolies in electrical, gas, oil, telephone, broadcasting, cablecasting, and other community services.

65. WATER HEATERS

You might save large amounts of money by repositioning your hot-water heater. We moved a relative's gas-fired water heater (and furnace) from one end to the middle of his residence, where a utility area made an inviting location. During the years, additions had been made to the original structure, so that the hot water leaving the tank had to travel almost 100 feet to reach the most recently installed bathroom. We insulated the pipes, discovered a faulty fume vent, cut off more than 30 feet of old piping, improved the heating supply generally, and added a substantial storage space in the garage where the heater had originally been cornered. Our new materials cost exactly $44. My cousin estimates he recovered that amount in four months and had far superior hot-water service to the three bathrooms and the laundry room. He anticipates energy savings of at least $150 annually in hot-water service alone. The furnace positioning was strictly experimental, but may prove even more beneficial!

66. EXHAUST SYSTEMS

Often, over stoves and grills, there'll be hoods equipped with fans to suck away smoke and dispel it outdoors. Our own exhaust system, which was twelve years old, installed when the place was constructed, seemed to be losing its power. I was about to order a new fan when I grew curious about the duct between the stove and outdoors, which was almost 12 feet in length and concealed above the kitchen ceiling. I had only to reach into the outside end

of the pipe to locate a massive obstruction of grease build-up. Undoubtedly it was dangerous, and it ruined the effectiveness of the system. It was hardly a pleasant job, but it required not more than twenty minutes to scrub and scrape clean the duct using a "pull-through" length of fence wire to which I'd tied a bundle of old cleaning cloths.

Much earlier, I'd been dragged, muttering and moaning, to a pal's house; he'd installed an immense indoor barbecue grill where the stove top had formerly been. The fan in the hood simply would not carry off the smoke. The sooty smoke poured around the hood and out through every joint in the duct to the outdoor vent. My friend had taped every joint in the pipe. He jury-rigged a heavier fan. No work-um. He smeared the pipe joints with goo. By now the smoke had blackened the ceiling and walls near the stove. We had a lot of thinking to do. The answer was simple. We mounted a squirrel-cage fan and a belt-driven motor at the outside end of the duct. Now, instead of the hood trying to catch the smoke and push it outdoors, the unit became more like a vacuum-cleaner tool. The outdoor fan sucked out the smoke very readily where it could not be pushed out by a motor almost double the rated horsepower of the "sucker." Energy saving? At least a third, maybe half. Sometimes, a little pull does a lot better than a big push!

67. HEATING A LARGE AREA

We were traveling, and I'd rented the most sprawling, strictly Hollywood-style, rambling one-story structure I'd ever seen. I figured the architect or builder must have been a bit strange, until I observed that he or she had cleverly designed exterior wall cabinet/closets for no less than four full-size furnaces and three hot-water heaters. The savings in ductwork and piping must have easily offset the cost of the additional equipment. A couple of years later, when visiting a four-story giant of a house in Stratford, Ontario, I sketched the idea for the owner, who was about to renovate the building with a gigantic boiler in the basement. He was enchanted. Instead of a $6,000 central boiler he now has zoned

units and separate hot-air furnaces on each of the four floors, with all-new wiring and plumbing and short duct runs for heat, at an initial savings of $2,000. More important, operating costs dropped from an estimated $2,500 annually to an actual $1,500.

The homeowner plans to air condition three of the four floors using a single window air conditioner ducting into the heater unit on each floor. The last I heard, he anticipates the new air conditioning/hot-air heater system will actually pay for itself through rebates and tax incentives* in less than 18 months. His original plan would not have qualified for tax relief and would have represented a pay-out with no pay-back.

68. FLY FANS

These quiet, wide-bladed, slow-moving fans are both decorative and efficient in almost any climate. I've seen high-quality units on sale locally for $50. It's essential they be reversible and have variable speed control. Used according to directions, they can gently circulate hot air down from the ceiling. For cooling purposes they can be speeded up and reversed, to keep colder, floor-level air moving up and around the room.

69. FAN COOLING

Although the position of a house or apartment on its lot can aid or retard this cooling and ventilating scheme, it'll still work to some degree under any conditions. The technique requires two large, 20-inch fans in "box" frames, which are on sale almost everywhere in the country at prices between $15 and $25 each. I recommend the three-speed models. I position each fan in a window, completely bordered by light plywood and/or acrylic. I set the fan on the window ledge with sufficient clearance to allow the window to be closed and locked when the fan isn't working.

The fans are positioned so as to blow outward. The illustration indicates one fan at the rear of the house, a second at the front. If it's a hot day and the sun is striking the front of the house in the morning, I'll open only the "fan windows" but turn on the one

When sun is in position "A," front fan is started and pulls air through house from patio/den. When sun is in position "B," rear fan is started to draw cool air from front. Or, both fans can be used if all bottom level doors and windows are opened.

Two-fan cooling system for entire house

fan pointing outward into the sunny end of the house. Air is drawn in from the shady rear of the house, where it is invariably 10–20 degrees cooler in hot weather. Because of the position of our place on our lot, the reverse condition prevails after high noon. I simply shut down the front fan, usually spray some water around the sidewalls and foliage, and turn on the rear fan, drawing the air in from the end of the house that is now in shade.

I fell upon this system after a year of using central air conditioning, which was sending our electric bill soaring close to $100 monthly during the summer. The fan system does the job almost as well for an estimated $5 monthly. And that amount includes evenings. As I've mentioned, almost every evening in this area tends to be chilly. For pleasant sleeping, we turn the most distant fan on at its slowest speed. We can't hear it, but it causes a gentle circulation of air in through the window of our bedroom and on down the hallway to the far end of the house, where it's exhausted to the outdoors.

There are very few days or nights when we have to resort to the central air-conditioning unit. We have a very small 120-volt air conditioner in one of our bedroom windows to take care of those nights when it's too hot for the fan system but not hot enough to warrant turning on the ice-maker monster.

If you're looking for low-cost air cooling, try my two-fan system—you'll like it. My two fans cost me $17 each. They've been in service without a squeak or a whimper for more than eight years.

70. CENTRAL AIR CONDITIONING

There are simply too many types of central air conditioning for me to engage in any long discussion about them here. On a recent trip through Arizona and New Mexico I was impressed by the appearance of compressor air conditioners combined with heating furnaces on virtually every rooftop. It made little sense to me to install a system that was designed to exhaust internal heat from a home directly onto the hottest section of the house—the roof. I chatted with a builder and an air-conditioning specialist in Tucson, both of whom told me it was labor- and cost-efficient to deal with one piece of machinery atop a house rather than chase around from ceiling to roof to ground, soldering and unsoldering the condenser from the evaporator—no easy job. I know. I've done it.

Selling for $1,000–$1,500, the combination heating and air-conditioning units are routinely lifted out of their rooftop settings and new units are dropped into their space when the old ones begin to hiccup. Replacement requires less than two hours!

"The homeowner usually gets an allowance of about $300 for the old unit, unless it's only junk," said the builder.

"But wouldn't it be better to separate the systems in a modular way?" I asked. "You could put the condenser in a shady area on the ground. Wouldn't that be more efficient?"

"Yes, it would," he replied. "And we're happy to accommodate the homeowner who wants such a thing. Just one catch . . ."

"What?"

"It costs five to six hundred dollars extra to pay the installer."
See what I've been saying about conservation? Sometimes it
doesn't play because it doesn't pay.

In our next chapter we deal with cars and conclude with a myr-
iad of big and little money savers related to energy use, present
and future, professional and do-it-yourself. If, by any chance,
you've gone along with each and every one of the money-saving
notions we've discussed to this point, you will have a couple of
thousand dollars in the bank rather than in the hands of the util-
ity companies. The amount of energy that you will have saved is
incalculable, but I had one contractor tell me it would probably
be in the area of 30–40 percent of former use. Let's see how we
did in this chapter.

As usual, there are too many variables to make reliable esti-
mates for several of these items. The enterprising householder
will read, seek advice from others, and make energy management
a major concern. The first step is to become active in a local or
regional group concerned with utilities and energy management.

ENERGY MONEYMAKERS

ITEM NUMBER AND NAME	ANNUAL ENERGY COSTS BEFORE ENERGY SMARTS (DOLLARS)	ANNUAL ENERGY COSTS AFTER TAKING ACTION (DOLLARS)	NET SAVINGS PER YEAR (DOLLARS)
61. Telephone instruments (2)	48	0	48
62. Dial-tone charges (anticipate massive increases without CUB)	?	?	?
63. Phone repair charges (avoid them by do-it-yourself methods)	?	?	?
64. Long-distance charges (example)	80	50	30
65. Water-heater management	300	150	150
66. Cleaning exhaust systems	?	?	?
67. Zoned heat (example)	500	300	200
68. Fly fans (1 installation)	150	75	75
69. Two-fan cooling (1 hot season)	300	30	270
70. Central air conditioning (increasingly costly days ahead)	?	?	?

10 · SAVING ENERGY ON WHEELS—YOUR CAR

IF YOU HAVE THE MISFORTUNE TO REQUIRE ONE OR MORE automobiles to get through life, you'll find a lot of opportunities to save money lurking in this chapter. I can't be too specific about your particular automobile because there are so many different makes and models of cars and trucks. More important, there are so many different styles of driving. One family we knew many years ago, with only the two adults driving, could take a brand-new car and reduce it to debris before the first eighteen monthly payments.

They spent their lives working for the finance companies that shuffled them around from new car to new car. Despite their fairly substantial educational backgrounds, they could not relate their deprived living conditions with the way they drove their cars. Jackrabbit starts, panic stops, curb-scraping turns, and utter disregard of maintenance procedures were only a few of the bad habits they practiced in their daily disaster derbies to work, school, and meetings. Their car payments were the single biggest item in their annual budget. Good food, neat clothing, timely payments of the mortgage and credit cards all took a back seat to scraping together the car payment. You may blanch at the notion, but one very cold day early in winter, I saw the husband pouring furnace fuel oil into the radiator of his six-month-old car. At that time, antifreeze was selling for about $3 a gallon. Fuel oil was priced at 30 cents. You can see there was quite a difference in cost between 3 gallons of genuine antifreeze and 3 gallons of fuel oil, though I suspect the engine was aware of other differences.

Before we start out, I should tell you that I consider automobiles just about the worst investment anyone can make this side of snake oil. But we're stuck with them, so let's make the best of things.

THE COST OF USING AUTO ENERGY

I have a make-believe little mechanic running around in my head, and he has me convinced that nowadays most people would have a tough time driving almost any kind of car at a cost of less than 25 cents a mile, based on doing about 10,000 miles a year. Am I wrong to believe my little friend? Let's see. Let's say the car averages about 20–25 miles per gallon of fuel and it's driven rather comfortably. So we take an average mile:

6 cents for gasoline
½ cent for oil (assuming filter changes every 10,000 miles)
2 cents for tires (there are four, plus a spare, right?)
5 cents for other parts and repairs, sooner or later

Those items total 13½ cents. Next come the ridiculous license fees—I say ridiculous because every state and province tries to come up with its own scheme. And then there's insurance, wherein, in many cases, half or more of each premium dollar is eaten up by administrative expenses and fancy offices for surplus executives. The state and federal sales taxes are stuck on, as usual, and maybe you give your mechanical jackass an occasional bath and a place to rest. Would you go along with another 13½ cents? Total of 27? We round it off to a quarter a mile, okay?

The American Automobile Association sent me an old 1979 study claiming that the cost of running a cheapie-squeaky 10,000 miles would be $1,932; $3,391 for a Detroit dinosaur. So that works out to from 20 cents up to 34 cents per mile. Maybe my quarter is modest, but let's stick with it.

I like to build my own cars my own way. For a long time I was restyling and rebuilding Corvairs, which would have been one of the best automobiles that General Motors ever nudged together if only they'd not cheapened the original Volkswagen specifications so much. I slaved over nine of the little beauties, which wound up probably much safer, speedier, and more economical than any car driven by the lawyer who was the first to let the air out of Corvair—Ralph Nader, Esquire. But General Motors chickened out. Mr. Nader went on to bigger and better projects, including

energy, in which he is virtually begging people to become activists for their own survival. Neither you nor I nor Nader can do much by ourselves. But together we can get the oil and utility zoo back in order.

In any event, one of the few real millionaires I know personally bought one of my best Corvairs, a red one to match his black beauty. And we fooled around trying to redesign a yellow one, between us. The things we did were for experimental purposes only. We'd never, but never, recommend it as a daily diet. Going strictly for economy, we stripped that car of its seats and every piece of metal that wasn't working. We tuned the car beyond factory specs. We boosted the tire pressure to borderline danger. We removed all filters, reworked all friction areas. We even removed the fan and generator belt, taking a calculated risk we wouldn't actually melt the engine. Our log on the car before we started fussing with it showed it to be putting out smooth power at 25 miles per gallon, average, combined city, suburb, and freeway driving. When we finished with the fiddling I ran it round trip to Montecito (south of Santa Barbara) and back to West Los Angeles, averaging 46 miles per gallon. My friend, Pete, made the same run and came through at 51 miles per gallon. We figured the improvement came because of his weight, thirty pounds less than mine, plus a trick he always used. As soon as his car reached his desired speed, he'd raise his toe off the accelerator a hair's breadth. The car wouldn't lose its momentum for many miles; when it did, he'd ease it back up to desired speed. That driving gimmick works by simply letting the pump in the carburetor(s) "float."

I gave up the hobby, but Pete tells me he's not quitting until he gets a genuine 100-ton mile out of his "fixed" VW Rabbit or a routine Datsun. That means a car and driver weighing 2,000 pounds exactly, traveling 100 miles on 1 gallon of gasoline, U.S. measure. We're sneaking up on it. The new two-passenger commuter car from Japan may be the one that launches the breakthrough. It's claiming 75 MPG in *city* driving!

But let's talk here about the things that almost any of us can do to save money on car energy.

71. PRECISION TUNING

Any car that hasn't been expertly tuned for 10,000 miles will improve instantly with a tune-up, whether you do it yourself or it's a shop job. An amateur can regularly do a better job than a professional in many crafts because he or she takes the time to get it right. But even a costly $50 shop tuning will pay for itself in the next 5,000 miles.

72. UNBURDEN YOUR BEAST

Throw out the junk. Empty the trunk. Remove every ounce of weight possible. Get rid of the seats that are never used. I am certain that every 150 pounds you can toss overboard will save you 2 to 3 miles per gallon in regular use. I find merit in aluminum wheels, and I also remove the claptrap that messes up the flow of air over the car.

73. STEEL RADIAL TIRES, PLEASE

The instant you go for quality steel-belt radials you'll be enjoying a safer, smoother, and much more economical ride. Two- to four-mile-per-gallon improvements are the norm. You may find steel radial tires a bit noisier at first. And shop wisely. Insist that the tire store quote you the full price, not just their base charge. You may go into shock to discover that your $25 bargain tires cost $20 extra for federal excise tax, state sales tax, balancing, stems, sometimes mounting, and scrubbing up the sidewalls. Shop, shop, shop when buying tires, and don't be bashful about showing the next tire peddler the quote you just got down the street.

74. DON'T DRIVE YOUR CAR, ROLL IT

This item can add 3 to 5 miles per gallon plus save you large amounts on repairs throughout your car. Try driving as though you were never going to use your brakes. Anticipate the stoplights ahead by observing the "Walk/Don't Walk" signs. If you can just

imagine how much of a strain it would be for you to get out and start pushing your car uphill or even on flat ground from a dead stop, you can understand the overwhelming saving you'll enjoy when your engine doesn't have the job at every traffic light you rushed to, only to panic stop on a red. An elderly gentleman stopped by my garage one day when I was tinkering with a Corvair Greenbrier station wagon. He was driving a 1961 Corvair Monza sedan that had clocked more than 125,000 miles. He told me that he rarely used his brakes and that the original brake system hadn't been replaced until the car had passed the 100,000-mile marker. What more can I say? I consider myself an above-average driver, but a glance at his brake pedal pad and accelerator pedals told me that he had probably forgotten more about good driving habits than I had ever learned.

75. BRAKES (ROTOR)

If you drive a car 10,000 miles a year and it has disc or rotor-type brakes in the front, the following advice can save you at least $25 annually in brake pads and fuel costs. Unlike drum brakes, where the "shoes" are applied against the drums by hydraulic pressure and retracted by heavy springs, rotor brakes operate by squeezing tightly against a metal disc that resides behind your front wheels, and in some cars behind the rear wheels, too. There are no springs to retract the squeezing caliper when you lift your foot off the brake pedal. Foxy drivers develop a habit of gently nudging the steering wheel a pinch to the right and then to the left (or vice versa) after each use of the brake. This action tends to shove the caliper squeezing devices back about $1/1,000$ inch— enough to prevent the brake pads from dragging as you continue driving. Your brake pads suffer less wear, and you'll save at least an extra ½ mile per gallon in fuel.

76. TRIP PLANNING

As best I can, I scrunch all my errands into one day's excursion. Think. If your car, at full heat, gets 25 miles per gallon, you'll be lucky to achieve 5 MPG during the first mile, then 10 on the sec-

ond or until it's fully warmed up. In recent years I've become a fairly good journal keeper. A glance through my notes of the past year hints of few instances where I made car trips of less than 3 miles total. I may have stopped several times in my short journeys but never long enough for the car's engine to cool down and become a fuel guzzler for the next leg of the trip.

77. DULL VERSUS SHINY

There are several areas in any car where it's desirable to dissipate heat. As noted earlier, I use a thin coating of flat black paint. My radiator, air-conditioning condensers, transmission-fluid lines, and transmission case are all painted dull black—a very thin coat in each location. Owners of air-cooled cars (VWs and Corvairs and Franklins, for example) become fanatic about dissipation of heat. Heat moves more readily from the hot regions of a car into the atmosphere if there's a transfer film of flat black.

78. CAR BREATHING

Simple things like brushing your radiator free of bugs, replacing air filters, and tuning the carburetor(s) will improve your economy of operation. Perhaps the most vicious energy waster is a vacuum leak, sometimes hard to find. You notice your car is giving terrible performance and poor mileage. Drive it to a quiet area, open the engine compartment, and listen for whistling sounds, always cautious of the moving parts, like fan belts. Check particularly around the base of carburetor(s). Use a pressure-squirt oil can and spray a bit of oil at suspect locations. If there's a momentary change in sound or engine speed, you may have found your vacuum leak, assuming that's the problem. No, the oil doesn't correct the leak; it only locates it. Now you must proceed to replace a broken gasket or tighten down a loose nut.

Also, as you may recall, I like to make my own air filters, using ¼-inch foam, sometimes two layers of it. Mine cost a nickel or dime apiece. If you're positively certain you'll be driving in dust-free areas, remove the air filters completely. Your MPG will soar.

But remember to replace the filters. And if you have a turbo engine, never, but never, play around with the air-intake filter system.

79. PEOPLE BREATHING

I use air conditioning though I know it costs me perhaps a mile or two per gallon. It beats opening a front window, which allows the air to blast in and be trapped inside the car, slowing it down—a worse way of losing the same amount of energy. If I want outdoor air inside the car, I open *all* the windows to allow free circulation—in *and* out of the moving vehicle.

80. ONE-LINE MONEYMAKERS

- Never gun an engine. Start it gently. Accelerate softly.
- Pester your insurance company for lower rates constantly.
- Reduce wind drag. Keep your car highly polished.
- Reduce wind drag. Scrap rough vinyl tops and repaint.
- Drive moderately. Too slow is as wasteful as too fast.
- Never tailgate. You'll waste fuel and brakes.
- Never rest your left foot on brake or clutch pedal.
- Shoot to maintain one steady, monotonous speed.
- Hook a vacuum gauge to your dash. It'll teach you plenty.
- Never rev an engine at turn-off. It'll thin your oil.
- If possible, park facing downhill for easy restart.
- Lane changing is dumb if fuel or braking is needed.
- Go with the flow of traffic. Dodger driving costs!
- Keep a safe distance from other vehicles—2 seconds' distance.
- Rustproof your car, but no undercoat—too heavy.
- Observe conditions at least two cars ahead of yours.
- Use the ball of your foot, not your leg, on the gas.
- Beating traffic lights costs you serenity, fuel, maybe your life.
- Think of your brake as a least-used accessory.
- If your state allows right turns on a red light, make your turn soon.

- Avoid the three i's—intoxication, inefficiency, and impatience.
- Remember, each push on the accelerator or brake costs money.
- Buy a locking fuel cap to prevent siphoning.
- Your tire pressure demands monitoring weekly.
- The state of your car's battery requires attention monthly.
- All things considered, do you really need a car?

New automobiles in the United States and Canada tend to depreciate about 10 percent during their first few yards of driving. A $15,000 car in the showroom will be worth $13,500 after you've driven it to the curb. In addition, modern cars seem subject to uncommon problems of recall. Thus, the greatest saving of money and time is achieved by investing in an automobile that is a year or two old and has had all the "bugs" plucked out of it.

In our summary, it's difficult to determine reliable guesstimates of the before-and-after style we've been using, because the amounts would differ depending on too many variables. But among the 35 separate "savers" described in this chapter of *Energy Smarts,* it's readily apparent that our style of driving automobiles is as important as the vehicle themselves when we discuss saving money. Wilson, one of our patio-party people, drives almost 80 miles daily, round-trip, using his big V-8 Seville, almost always with the air conditioning going full blast, he tells me. That's about 1,800 miles a month to go back and forth to his office. I toddle along in a '67 VW Squareback (carburetors, not injectors), going my economical way, scrunching up my short trips. But I rarely drive even 400 miles in a month. He gets 12 miles per gallon in his luxury sedan; I get 27 in my economy compact. If he were willing to share his ride by carpooling, he could cut his fuel bill dramatically. Four riders would give him the equivalent of almost 60 miles per gallon. He prefers his independence. I think he enjoys complaining about having to pay for it.

Items 71–79 include mechanical adjustments and driving techniques that vary widely from car to car, driver to driver. Three

skilled mechanics and three of my neighbors took turns tearing into all my proposals. The items that they considered both practical and suitable for them were computed on the basis of their own automobiles and 10,000 miles driven per year. Consensus suggested that each might average annual savings of $560. The twenty-six considerations of item 80 were subjected to the same scrutiny. The same group of six drivers tallied their estimated savings on a conservative basis: $325 annually. The total annual value of these automobile *Energy Smarts:* $885.

It was generally agreed that, depending on the driver, the car, and the driver's general attitude about driving, *Energy Smarts* savings of $500 could be achieved and that as much as $1,000 might be saved if special efforts were made—all these savings without regard to insurance, depreciation, or other capital concerns with an automobile. The make, model, year, etc., were considered inconsequential. The driver's attitudes were all important!

11 · USER-FRIENDLY ENERGY RESOURCES

FOR STARTERS, TAKE TAX CREDITS.* THE LAW PROVIDES TAX incentives to encourage energy saving and the development of renewable energy sources. You can collect on both if you follow the guidelines suggested by the Internal Revenue Service and the Department of Energy. You can claim a credit of 15 percent of the first $2,000 you spend on qualified items to tighten your energy use at home. If you invest $2,000 in insulation and storm windows, tell the IRS about it, and you'll pocket $300. Items such as clock thermostats and even caulking qualify. If you get into solar panels or wind-powered generating equipment, you can anticipate Uncle Sam's help in paying you back 40 percent in tax credits, up to a limit of $4,000. That means you can spend $10,000, probably enough to make you independent of the utilities for lighting and heating. To learn all, order Form 5695 and publication 903 from the IRS, P.O. Box 611, Beltsville, MD 20705. These are free and could save you a bundle.

ENERGYGUIDE TAGS

The federal government provides a more immediate savings device if you plan to buy a new appliance. At your department store or appliance center, on most large appliances you'll see tags hanging. They'll look like the sketch pictured below.

The Department of Energy and the Department of Commerce have both played with this grand idea, so the labels may vary in shape, style, and color, but the information is consistent and important. The program started out with room air conditioners and is well along its way through refrigerators, freezers, refrigerator/freezers, water heaters, dishwashers, clothes washers, dryers, ranges, ranges with ovens, central air conditioners, and electric blankets. The plan is to acquaint you with the monthly cost of

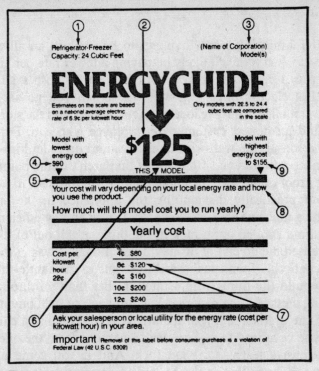

① Refrigerator-Freezer
Capacity: 24 Cubic Feet

③ (Name of Corporation)
Model(s)

ENERGYGUIDE

Estimates on the scale are based
on a national average electric
rate of 6.9¢ per kilowatt hour

Only models with 22.5 to 24.4
cubic feet are compared
in the scale

Model with
lowest
energy cost
④ $90 ▼

②
$125
THIS ▼ MODEL

Model with
highest
energy cost
to $155 ▼ ⑨

⑤

Your cost will vary depending on your local energy rate and how
you use the product. ⑧

How much will this model cost you to run yearly?

Yearly cost

Cost per kilowatt hour 22¢	4¢	$80
	6¢	$120
	8¢	$160
	10¢	$200
	12¢	$240

⑥ ⑦

Ask your salesperson or local utility for the energy rate (cost per
kilowatt hour) in your area.

Important Removal of this label before consumer purchase is a violation of
Federal Law (42 U.S.C. 6302)

1. ☐ Type of appliance and capacity.

2. ☐ Estimated annual operating cost for this model based on national average electric rate of
6.9 cents per kilowatt.

3. ☐ Name of manufacturer and model number of the appliance on which the label appears.

4. ☐ Estimated annual operating cost for the model in this size unit that costs least to operate—
$90.

5. ☐ Scale showing lowest and highest estimated operating costs for models within this size
range. These models represent different brands, not just those of the company listed in the
upper right-hand corner.

6. ☐ Where the estimated annual cost of this particular model falls in comparison to all other
models in this size unit.

7. ☐ A grid to help determine more closely the customer's operating cost based on local utility
rates.

8. ☐ Cautions that the customer's cost will not necessarily be the same as the cost figure given
above.

9. ☐ Estimated annual operating cost for the model in this size unit that costs most to operate.

operating any particular appliance at current prices in your own
home area. The tags will display the average cost of operations at
an average rate for energy. As you can see in the illustration, it's
important for you to know what the going rate is in your commu-
nity and do a bit of calculating.

If the family next door happens to be stuck in an all-electric house, don't cry; they'll likely be paying a lower rate per kilowatt than you if you cook or heat with gas. So for gosh sake, carry your last electric bill along with you when you go shopping. If you can't figure out the local number, ask around the store until you find an honest customer or employee who can. Drive the salesperson up the wall with questions, and don't let him or her tap dance around you with answers that aren't to the point. I am living proof of my own recommendation. On impulse, in a hurry, without practically dismantling the appliance in the store, I bought a machine that was on sale. It was energy efficient. But every time I rolled out a rack in the thing, it fell out of its track and caused me no end of dismay. Even though it was in the warranty period, I found it more convenient to dismantle the rack and rebuild the thing from scratch, rather than go through the nagging mess of filing paperwork. Until you say, "I'll buy it," you are in the driver's seat (particularly if you're buying a car). But once you've agreed to make a deal, you move from the offense to the defensive team—so, good luck. And if you come upon a major appliance that looks as if its Energyguide tag has been tampered with, call the police. For that matter, call the FBI: it's a federal program.

Let's press on through the jungle of energy horrors.

81. WOOD BURNERS

In item 29 I discussed a fireplace with you but neglected to say that it may have been the one best-made fireplace I've ever known. It may have been twice as efficient as all the others, which still doesn't amount to much, because most fireplaces operate at about 10 percent efficiency. The heat from the wood's energy is released out the chimney, meanwhile leaving unconscionable amounts of dust throughout the house. Cheap stoves do the same, depositing dangerous creosote in the vent pipes and doing much to pollute the outdoor environment. The more "efficient" the stove, the more creosote will collect and burn your house down, maybe. Be on guard when using "air-efficient stoves." I know for certain that my Uncle Joe installed an expensive wood stove that

sharply reduced the use of his gas furnace in the winter months. He also installed a two-year wood supply in his basement. They say that's probably how the termites and the carpenter ants got into the house. They arrived with the woodpile. For most urban dwellers, wood-burning stoves might prove to be a lousy trade-off.

82. HARD-USE BULBS

My pal Stub reminded me that he nearly went mad replacing the bulbs at his side door and front gate. If you remember, every-day household bulbs were the very first item discussed in this book. In any event, after hearing his problem, then listening to the way he, his wife, and kids slammed the doors and gate, I introduced Stub to something he'd never heard of—hard-use bulbs, seen here.

The filaments in these items are supported by five, sometimes six individual wires from the central glass base, unlike ordinary bulbs. When illuminated, the filaments glow white, at very high temperatures. They are most fragile in this state. The extra supports preserve them in situations where door slamming does them violence. I always have one in my hand-held trouble-shooting

←Wires to base connections→

Regular-use bulb
(4 supports for the filament)

Hard-use bulb
(6 or more supports for the filament)

light in the garage. I have to replace it regularly only because I persist in driving over the fixture after working under the car.

83. BULB SAVERS

The small, flat "buttons" seen in the illustration below appear to be as good as their advertising. I've had two different brands that I bought at about $1 each a couple of years ago. They are simply dropped into the lamp socket before the bulb is screwed into place. They are nothing but tiny, flattened rectifiers that convert the inflowing alternating current to pulsating direct current. The light from the lamps falls slightly, but lamp efficiency soars. They also claim to quadruple the life expectancy of all light bulbs.

Bulb-saver button

84. PROJECT LIGHTING

A young interior decorator proved to me that a cheap way to save money by saving energy was to discard every old lamp I owned except for some heirlooms and move into project lighting. At her suggestion, slowly but surely, I'm scrapping or selling chandeliers and central ceiling fixtures and most conventional

table lamps in favor of unit lights that concentrate their illumination where I need it to read, write, dismantle things, or reassemble them. She replaced three of my favorite (old but shabby) opaque lamp shades with bright, cheery things that release the light, rather than entrap it.

85. SKY-, SUN-, AND MOON-LIGHTS

The chap at the hardware store has a gargantuan all-electric house that hangs out on pilings over the Pacific Ocean near Malibu. It's inhabited mostly by Hollywood celebrity dingalings, some of them good friends of mine, I think—at least they were last week, which out here can be a genuinely lasting relationship. Anyway, they live there precariously, attacked by waves, winds, tides, and mold, except the hardware man tells me his all-electric heating, cooking, cooling, lighting, refrigerating, and sauna-pumping bill never exceeds $35 monthly—at 6.5 cents per kilowatt, a reduced rate because of his all-electric house. But $35? The reason? Most of his roof is skylights, more than 900 square feet of glass. The skylights are nothing other than shower doors, bought at wholesale and installed with substantial amounts of silicone glue. Each panel is 4 feet × 6 feet, made of reinforced and tempered glass. Several of them are hinged so they can be propped open when the nice weather beckons. All of them are fitted with quilted shades. No wonder the fellow's rich. I can't wait to try his idea on our weekend retreat. Because of the weight of snow I may have to install an extra support at mid-point on each 6-foot span of glass.

86. LOW-VOLTAGE SWITCHING

If you anticipate building a new residence or gutting and renovating an old one, think about low-voltage switching. Ordinarily, we install switches in 120-volt circuits in the manner illustrated. We run heavy-duty wires from the fuse box (A) to a

(A) (B) (C) (D)

Switch Distant point

Electric supply

Standard switching—wiring schematic

light (*C*), with the switch (*B*) injected somewhere along the run of wire. But then we decide we'd like to be able to switch the light off and on from yonder (*D*). It'll be a costly job to run heavy wires behind the walls, through studding, back to some point such as *B*.

A low-voltage system (my favorite, hands down, is General Electric's) enables the devotee of good lighting to run miniature wires, thinner than telephone cords, back to a relay center such as we see in the illustration that follows.

Tiny wires terminate in tiny switches, which can be easily surface-mounted or set into walls. The low-voltage, low-energy transformer that makes the system function makes it delightfully safe almost anywhere. Small children can't be hurt as readily. Al-

Low-volt switching—wiring schematic

(C) (B)

(A)

120 Volts

24 Volts

Electric supply

24 Volts

Low-voltage power supply and switching center (relays)

As many relays as desired in house

though this involves some initial investment, the system soon pays for itself and starts earning its keep because the homeowner has such a variety of places available to turn lights on and off. Options in the system encourage low-cost security devices, master controls, audio responsiveness (see item 87), and other features that would be impossible if conventional wiring were in position. It's really not an add-on type of service. To be effective it should be all or nothing. Best installed when the house is being built, it can work as a retrofit, however. In one older home where I installed the system (for our own use, of course), I soon discovered it would be necessary to secrete the relays in obscure and unrelated areas of the house. I didn't have enough time to make careful records of my installation. It meant that the front-porch light might be controllable from any room in the house, but the relay controlling it was squirreled away behind the mirror in the recreation room. I often wonder if any of those relays ever burned out after twenty-five years of use. And if they did, I wonder how the present homeowner figured out where any particular relay might be hiding.

87. SOUND-OPERATED PLUGS AND SWITCHES

Recently, some amazing sockets and switches have come on the market. You simply speak to the switch in order to activate it. I bought two of the expensive models and was enchanted by their effectiveness, not only as energy savers but as security devices. The following illustration demonstrates how the plugs are inserted into standard wall sockets.

Lamps, radios, tape recorders, or any other appliances can be plugged into the half of the unit that can be sound activated. A sensitivity control allows the homeowner to adjust the level of sound needed to turn the unit on, thus activating the light or other plugged-in device. And it'll stay on for seconds or minutes, according to how you set the timer. We learned quickly that we could turn on the house lights just by tapping the key on the front-door lock. Indoors, if we remained quiet, the lights would turn themselves off in three minutes, just as I'd set the adjustment

Sound-activated switch

to operate. If, of course, there's a party in progress, the general babble will keep the lights lit. I can't recommend these units too highly. Just be sure you buy models that are approved by Underwriters Laboratory, as the cheap units can be fire hazards. The UL label affixed to any home appliance is an assurance, though not a guarantee, that the device passes all reasonable tests for safety and good service.

88. HEAT PUMPS

Whether you're a renter or a money-conscious owner of property, you can start saving energy and bundles of money today by

investing in either a portable or a permanently installed heat pump. You can buy units (and get tax credits*) for whole-house heating or hook a small one into the hot-water heater for that service only. No matter what, it will cut your electric heat and hot-water bill by as much as 50 percent—even in an all-electric home!

Here's how the things work. If the temperature of your soil 6 inches below ground level is 32 degrees and the temperature 2 feet deeper is 38 degrees, that 6-degree difference represents significant heat that can be pumped into your house for whatever purpose you intend. It's nothing but a refrigerator in reverse. If installed completely indoors, it can sense changes in the surrounding air and compress the small variances in temperature into furnace-type heat!

Let's consider the hot-water-heater type pictured above. It's a neat alternative for the person who has no room for a full-blown solar-energy system (which we'll discuss in the next chapter). The floor-mounted retrofit unit can be set down and attached by hoses to the water heater by a plug-in wire to a heavy-duty outlet. It will draw heat from the surrounding air and pump it into the water-tank system. Suppose the pump, installed, costs you $600 with all its warranties. Suppose the water heater is costing you $300 a year for energy. The unit will reduce the $300 to $200 for

Floor-mounted retrofit unit

both the heater and its own operation, so the unit will pay for itself in six years. And the pumps appear to have a working life of twenty years, I'm told.

The same ratios would apply for a full-house system—payback in about five or six years, and you're home free from that point. It sounds like a good deal to me.

89. MICROWAVE OVENS

I become more and more furious about claims made for microwave ovens. As you may already know, microwaves cook using electromagnetic energy, whose wavelengths fall between those of radio waves and infrared on the spectrum. Microwave energy starts the atoms rattling around in many materials, including foods. The atoms move so rapidly that they heat up, cooking themselves silly. If you run some microwave ovens empty, they'll cook themselves. If you buy a cheap one, an old one, or an abused one, you'll probably wind up with problems, with inefficient energy use for openers. If you don't get a gilt-edged guarantee and if you don't read the instructions, word by word, carefully, not once but several times, you can hurt yourself. If you can't right now afford a top-quality, all-new, superefficient model, please wait until the cash piles up a bit more. Then you'll have a microwave oven that can serve you faithfully for a decade or two. The cheapies have so many limitations! They can't handle a defrost cycle. They won't make chops and steaks crisp, brown, and attractive on the serving plate. Edible? Yes, if you wear a blindfold.

Certain foods won't tolerate microwave cooking. Certain of the oven models have quirks—they'll cook one potato in 3 minutes, but two potatoes in 8 or 9 minutes. I suspect they're the most oversold of all modern appliances, because the good ones have been copied and cheapened, copied and cheapened, beyond all understanding. Buyer, please beware!

90. LANDSCAPING

You can't do yourself a better favor than landscaping your home, even your apartment, for energy efficiency. The placement

of trees of the correct variety on the correct sides of the property can save buckets of your energy money, for both heating and cooling. Flowers and trees within the house will help maintain its humidity and all sorts of good things. For starters, let's take a window, any window (though the south side will be best), and hang a ready-made greenhouse in it.

In the item pictured below, the top of the greenhouse can be opened for ventilation on warm days. Conversely, you can lower the top when you want heat. The air will enter through the bottom, be warmed by the sun and foliage, and emerge from the top, warmed and free of charge. The same principle applies to the window-box collector seen in the next sketch.

In the other unit, which can be made of scrap lumber plus about $4 worth of glass, the cool air falls into the outside trap, is circulated over a panel painted black, and is ushered back into the room, warmed free of charge.

Greenhouse in small window

Open for ventilation on hot days

Warmed air is sent back

Inside air is cold

Homemade window-box energy collector

Backboard is
painted black

Glass

Warmed
air
returned

Cool air
enters
system

Air is heated around
the plate

For purposes of our summary, I am assuming that you use both items. The greenhouse-in-a-window sells regularly for about $25 for an average width. I've been told it can produce huge amounts of warmed air in the winter. Same appeal for the cheaper unit, the window-box collector. On the basis of unconfirmed advice from several sources, this may be a $30 investment that could produce ten times that value in heating during cold weather, precious humidity at appropriate levels year round, and a measure of cool

pleasure when outdoor heat becomes unbearable.

All the items in this chapter demand some kind of special circumstance or trade-off to merit the attention of the renter or homeowner. Some might be impractical for your situation. For example, in densely populated urban areas, landscaping and window devices are often prohibited by law where pedestrian safety might be endangered. But these items do suggest savings possibilities for large numbers of people who are weary of ever-increasing utility costs.

ENERGY MONEYMAKERS

ITEM NUMBER AND NAME	ANNUAL ENERGY COSTS BEFORE ENERGY SMARTS (DOLLARS)	ANNUAL ENERGY COSTS AFTER TAKING ACTION (DOLLARS)	NET SAVINGS PER YEAR (DOLLARS)
81. Wood burners	?	?	?
82. Hard-use bulbs (2 bulbs)	10	5	5
83. Bulb savers (dozen)	?	? (no burn-outs)	?
84. Project lighting (10 units)	150	100	50
85. Skylights (10 shower doors)	100	35	65
86. Low-voltage switching	?	?	? (substantial)
87. Sound-operated plugs and switches	?	? (convenience, less energy)	?
88. Heat pumps (small)	?	?	?
89. Quality micro-wave oven	?	? (possible energy and money savers)	?
90. Landscaping	?	? (substantial energy savings)	?

12 · NATURE'S WAY OF TELLING US SOMETHING

I BELIEVE MOTHER NATURE'S GIVEN US MORE POTENTIAL EN-ergy than we can ever possibly use, and she's delivering it to us free of charge, every day, as she has done for millions of years. Underground, we have awesome resources of oil, gas, coal, and geothermal (steam) energy, to name only a few. At ground level, we've got water, tides, trees, wind, and lots of other energy resources, most of them available for the input of a little work.

And the big daddy of them all is Mister Sunshine. It's yours. It's mine. It's theirs. No shortage. No embargo. Free for the taking. Help yourself. This is not futuristic stuff. It's *now*. I have a sun-powered watch/calculator on my wrist. On the windowsill there's a $5 photovoltaic cell that is sun-charging batteries for my flashlight. This time next year I'll have added enough sections to that charger to enable it to charge the battery pack for the TV set, the radios, a word processor, and Lord knows what else. If my plans work out, I'll have a house that's almost completely independent of the water, gas, electric, cable TV, and phone companies, just about when it's time to retire and write more books. Gasoline for the car? No chance. I won't need it. The sun will charge my car batteries, boosted by the wind perhaps. I'm certain efforts will be made to *tax* my sunshine—that's why I want you to join me in making power companies nonprofit corporations, tax-free services for residential users. It'll happen here sooner or later—why not nudge it along before people simply take it, the hard way.

OUR SOLAR-ENERGY POSSIBILITIES

Remember when we talked about BTUs (British thermal units), the way we measure energy in our fuels? Now, picture a whole station wagon, a big one, full of everyday wood, say, birch—that'd be about half a short cord, maybe 25 cubic feet.

Under efficient burning conditions, it would produce 5 million BTUs. That would be equal to the heat in 35 gallons of fuel oil, 45 therms of natural gas, 900 kilowatt-hours of electricity, or 400 pounds of coal.

I get *twice* that much energy landing on my roof *every day.*

That sunshine is all *free.* It'll be less on cloudy days, more on scorchers. It's roughly the equivalent, on an average day, of burning about 15 gallons of gasoline every hour. (You'd save some of the daylight energy for use at night, of course.) That's the sunshine story.

91. BASIC SOLAR-ENERGY SYSTEM

You have one around you right now. It's the window, where sunlight enters through the glass, its energy bouncing off the shiny surfaces and being absorbed into soft, dark things, which we call *thermal masses.* A wing chair is an example. It absorbs heat and gives it back to you when you sit in it. The wings help reduce any drafts—all in all, a very efficient solar device. The Indians in our American Sun Belt were building houses of adobe (mud) blocks a thousand years ago. The thermal mass absorbed heat during the day and gave it back in the cold of night. Anything, but anything, you add onto your house or apartment that might absorb the incoming heat becomes your solar collector and/or storage mass. That's all there is to it. New? Hardly. In 400 B.C. old man Socrates was urging the Greeks to build their houses with the south sides raised to capture the sun's heat and their north ends backed into hills to deflect cold winter winds.

92. THE TROMBE WALL

In this century, a Frenchman, Monsieur Trombe, filled up some metal drums with water and used them as the south wall of his house. It worked so well as a nighttime heat source, it's known worldwide as the Trombe wall. You can start on one even if it's separate from the house, but you'll have to interconnect all the drums and run the water through radiators inside the house. Now you'll have a genuine passive-solar collector system. If you speed

up the flow of water by installing a pump in the water line, it becomes an *active*-solar water system. In England, my wife and I always enjoy visiting a bar where the wall heaters are Rolls-Royce radiators with their front grilles in place. You can do the same thing with American car radiators, which are easier to find.

93. THE ROOFTOP COLLECTOR

If your roof is sturdy enough to support the collector, you'll be going first class. You don't even need tanks or plates to hold water. Go dry. Simply build boxes to hold channels of corrugated black material and shove the hot air into the house with a fan.

Two typical rooftop solar energy collectors

Air heat

Warm-air fan to house

Glass or plastic

Black backing plate

Air space above and below plate

Insulation

Liquid heat

Housing

Glass

Warm water to house or storage

Cool air enters hole

Black backing plate

Housing

Insulation

Cold water inlet

In the illustrations of solar collectors are two sketches of devices that can be roof-mounted or wall-hung—but please, oriented southward. If you want to store the huge amount of heat hitting your house, pump the hot air or water into storage areas in your basement. Use the air to heat rocks. If you use water, run it into holding tanks. Anything goes in the solar-energy business, but don't expect Uncle Sam and your state's tax authority to give you tax credits for homemade weirdos. And be warned. I've already examined the first major code for solar-energy installations for California. There'll be similar codes coming, if not in position already in your state. That can mean trouble. You'll be back to buying permits, getting inspections, and dealing with paper-shuffling bureaucrats. I mean no injustice to any of them, particularly the California Energy Commission, which has been peachy keen about assisting me. Nevertheless, they can all be gigantic pains in the solar plexus, if you know what I mean. Work fast before they come up with some more prohibitive nonsense!

94. MORTARLESS BLOCK WALLS

I will generally give up on any project if there is mortar work to do. So please allow me to indulge myself with a whole item devoted to the new, patented, building-code-approved system of constructing cement-block buildings without using any cement. A genius inventor named Juan Haener took his Haener® blocks to dozens of cement processors before True Cast® saw the potential. The three types of blocks pictured here enable you simply to pile block on block until you have a wall, a potting shed, a storage area for energy collection, a bunker full of hot-water tanks, an outdoor furnace—whatever! Two of us who share a very old tinderbox cottage in the wilderness plan to build a small block shack next summer. It'll contain one giant homemade wood burner that'll be so airtight it should run continually on a single daily stoking of oak logs. The fire will be 15 feet from the cottage. Only the heated air will be channeled through ducts into the rooms. At 40 cents a block (wholesale), the whole arrangement, including

the 55-gallon drums for our furnace, will be in the neighborhood of $125. And that cottage, by the way, has a solar hot-water system. We threw three interconnected, black-painted water heaters into a glass-covered box downhill from the house. The water is heated by the sun and, being warmer than the incoming supply, drifts upward through an insulated pipe into the cottage. Total cost—*zero*. We scrounged three old storm windows as our solar cover. The tanks were picked up in a garbage dump, stripped of their white enamel, tin, and insulation, made watertight, and painted from my everlasting can of flat black paint.

Mortarless block walls (Haener™)

End block

Corner block

Stretcher block

95. WATER POWER

My best friend in elementary school showed me how he had built a tiny dam across a tiny stream at his father's cottage. He'd rolled rocks and scrap pipe into place, cementing them into two pillars, about 6 feet apart, put ordinary planks between the pillars, and kept adding planks as the water rose to a depth of 7 feet. What a swimming pool we had! One sad day, thoughtlessly, Bill pulled out the planks rapidly, one after another. The resulting rush of water carried drowsy ducks, unwary geese, and even pigs pell-mell for a distance of two miles. Repairs and replacement cost Bill's dad more than $1,000. But it taught us the awesome power of pent-up water. If you can locate a piece of

property with a small, dependable stream, you need only a Pelham wheel with turbine and generator and you can readily produce electrical energy, to be used directly or stored in auto batteries. Write Consumer Information Center, Department K, Pueblo, CO 81009, for their catalog of great free titles on such things as water power generation. There is a $1 user's fee if you order two or more titles.

96. THE GLORIOUS WIND MACHINERY

There are few places in the country where there is consistent wind sufficient to generate electrical power on a practical basis. But the technology is getting better all the time. Most effective systems are coming out of Australia. The typical system calls for a three-bladed turbine rotor, gear box, generator, and stabilizer, all mounted atop a tall (usually steel) tower. If the wind blows 10 miles per hour or more, you can count on the rotor's turning, generating power, which is usually stored in batteries such as you would use in your car, except they can be much more "deeply" charged. Cost? Seven thousand dollars is a good opening figure. They're most certainly not for the urban dweller, and the cost is not justified unless the local electric system quotes you a bewildering price to hoist poles and string lines to any remote property you might own.

97. ALTERNATE FUELS

I'd taken a seminar in unusual fuel resources at the University of Southern California and couldn't wait to start manufacturing my own ethanol (moonshine) to run my automobiles. The process is utterly simple, requiring mostly handmade boilers and heaters. It's legal. If you can find a free supply of corn or grass or Jerusalem artichokes—in fact, almost any vegetable—you're home free. It was after my first few minor buys of equipment, when I learned that the smell of my distillation and fermenting process would markedly lower all the property values in the area, to say nothing of my acceptance in the county, that I quit. But if you, dear reader, have a suburban or rural location sufficient to house a 1,000-gallon boiler/still, you can beat the energy cheats for the

rest of your days. I urge you, though, to think in terms of ethanol, not methanol. The first will make you energy rich; the second will make you a community outcast, because the best way to get started is to build your own garbage dump and let it get very raunchy. Larry Carley has written a dandy book entitled *How to Make Your Own Alcohol Fuels,* published by Tab Books, Inc., Blue Ridge Summit, PA 17214 ($7.95). If nothing else, Larry Carley will convince you that we can get along quite well without Big Oil.

98. GEOTHERMAL RESOURCES

Not far from San Diego, there are areas where steam rushes out of the ground, begging to be harnessed as yet another unlimited supply of energy for mankind. I mention the matter because a brand-new consortium of investors, evidently none of them related to existing power monopolies, is appealing to the California Energy Commission and subsequently to the Public Utilities Commission for a license to make electrical energy from this neglected source of power. Although I know nothing about the stock market or investments in general, I hope they get their chance and I dearly hope they win. I also recently noticed a prospectus for a "wind farm" for electrical generation. It seems quite possible that there'll be some new forces at work in the energy business. We need them.

99. PROMOTING SUNSHINE

In the desert, roughly 50 miles from downtown Los Angeles, the Edison Company has set up a monstrous stadium of mirrors, each one computer-controlled to reflect the sun's rays against a huge boiler at the top of a mighty tower. The boiler is so hot that it hurts your eyes just to glance at it. But the steam thus generated is spinning turbines churning out millions of watts of electrical power. I report it to you as an advisory that the big power companies are rushing toward the sun, getting the jump on other potential developers of energy.

If the oil and electric companies gain control of this source of

energy, does it not follow that they are likely going to grab the new energy—fusion—unless we make ourselves aware of it and protect it for everyone, not a small elite corps of monopolists who will persist in charging us excessive amounts for energy?

100. THE ENERGY-EFFICIENT HOUSE

The final illustration in this book reveals my general plan for our retirement energy-efficient home.

- Notice its position, looking south, built into a hillside.
- The evergreen trees to the north will cut the winter winds.
- The deciduous trees will provide summer shade and beauty.
- Window treatments will reflect or absorb sun energy, as wanted.
- A fuel-efficient, steel-lined fireplace will heat, not pollute.
- The solar-energy collectors downhill will not need a pump.
- The pool will be small, covered, sun-heated.
- Outdoor lighting will serve as security.
- The house will have a vapor barrier on every surface.
- The insulation will virtually envelop the structure.
- A heat pump will provide cooling as well as heating.
- Photovoltaic panels will power most appliances (12 volts).
- A "dish" will provide TV and communications services.
- The water supply (a well) will be filtered and "softened."
- Flammable materials will be avoided throughout.
- The auto will be battery-powered, solar-charged.
- The electrical waste-disposal system will require no water.
- As much as possible, lighting will come from skylights.
- All equipment will be solid-state where applicable.
- Vinyl siding will make the house "paintless."
- Maintenance will be preplanned to be minimal throughout.
- Virtually everything will be energized by the sun.

The list continues, including virtually every item in this book.

The designer of the house (which is still not formatted for the architect because the site is still under consideration) has already estimated a *zero* cost for utilities when the equipment has been amortized. Even the phone service will be by connection through a "dish" into a company system downtown. We are contemplating standby propane connections (bottled gas) and are working out a deal whereby we just might be able to generate electrical energy to feed back into the main service, using the central feed only if our own resources falter. At least we'll offset the hookup charges.

The systems and programs described in this chapter are not likely to be readily available to the homeowner or renter, in par-

ticular the city dweller. But they point to savings possibilities be-
fore the new energy available from fusion goes on line. And
again, the chapter begs the reader to be vigilant in protecting his
or her rights to the energy of the sun, free of taxation, free of ex-
ploitation.

ENERGY MONEYMAKERS

ITEM NUMBER AND NAME	ANNUAL ENERGY COSTS BEFORE ENERGY SMARTS (DOLLARS)	ANNUAL ENERGY COSTS AFTER TAKING ACTION (DOLLARS)	NET SAVINGS PER YEAR (DOLLARS)
91. Basic solar-energy system	?	? (energy costs slashed)	?
92. Trombe walls	?	? (energy costs slashed)	?
93. Rooftop energy collector	?	? (energy costs slashed)	?
94. Mortarless block walls	?	?	?
95. Water power	?	? (worth looking for)	?
96. Wind power	?	? (not cost-effective, yet)	?
97. Alternate fuels	?	? (great opportunities)	?
98. Geothermal resources	?	? (as yet, untapped)	?
99. Promoting sunshine	?	? (let it be ours)	?
100. Energy-efficient house	?	? (it's all in this book)	?

APPENDIX

A SCHEDULE FOR ENERGY SMARTS

ITEM NUMBER AND NAME	PAGE	TIME/INTEREST FACTOR	NOTES AND SCHEDULE
1. Light bulbs	8	NA*	
2. Fluorescents	8	1 hr. per unit	
3. Appliance bulbs	9	NA	
4. Refrigerator	10	Audit costs	
5. Gas range	11	Audit costs	
6. Present gas range	11	1 hr. to service	
7. Present furnace	12	Have it checked	
8. Electric blankets	13	Compare costs	
9. TV set	13	Replace?	
10. Leaking faucets	14	2 hrs. total	
11. General energy audit	19	4 hrs. total	
12. Vapor barriers	20	Possible?	
13. Insulation batts	23	4 hrs. for attic	
14. Loose fill	23	Get estimates	
15. Rigid insulation	24	Possible?	
16. Storm windows	25	1 hr. each	
17. Door repairs	25	1 hr. each	
18. Caulking	27	3–4 hrs.	
19. Shiny and dull paint	27	NA	
20. Clothing	28	Doing enough?	
21. Window coverings	32	½ hr. each	
22. Awnings	32	Get estimates	
23. Venetian blinds	33	Improvable?	
24. Roof covering	34	Alternatives?	
25. Attic ventilation	34	1–2 hrs.	
26. Outer walls	35	Get estimates	
27. Carpeting	36	Get estimates	
28. Closing doors	37	Good habit	
29. Fireplaces	37	Improvable?	

*NA INDICATES NO REASONABLE GUESSTIMATES ABOUT TIME OR MONEY SAVINGS.

The bottom line—By the end of the 1980s, fusion energy should be readily available—safe, inexpensive, dependable. The purpose of *Energy Smarts* is to encourage your active interest in self-protection in all matters concerning energy in our time.

AVERAGE ENERGY USE OF SEVERAL APPLIANCES PER YEAR

APPLIANCE	KILOWATTS USED	COST AT 6 CENTS PER KILOWATT (DOLLARS)	COST AT 10 CENTS PER KILOWATT (DOLLARS)
Water heater	5,000	300	500
Central air conditioner	5,000	300	500
Food freezer	2,000	120	200
Refrigerator (automatic defrost)	2,000	120	200
Refrigerator (manual defrost)	1,200	72	120
Range with oven	1,500	90	150
Clothes dryer	1,000	60	100
Color TV with tubes	2,000	120	200
Solid-state color TV	400	24	40
Dishwasher	400	24	40
Electric blanket	75	4	7
Small heat-generating appliances (toasters, pans, hair dryers, broilers, etc.)	200 each	12 each	20 each
Other small appliances (shavers, can openers, etc.)	3 each	0.18 each	0.20 each

Obviously, prices depend on the extent of usage; these are averages and will vary widely due to many factors. The cost per kilowatt is the one to watch most closely and try to hold in line.

TYPICAL UTILITY BILLS IN
THE 25 LARGEST U.S. CITIES
(AS OF JUNE 30, 1982)

CITY	GAS (70 THERMS) (DOLLARS)	ELECTRIC (500 KILOWATT-HOURS) (DOLLARS)	TELEPHONE (BASE RATE) (DOLLARS)	MONTHLY TOTAL (DOLLARS)
Memphis	27.19	23.22	11.05	61.46
Seattle	52.03	6.76	9.00	67.79
Indianapolis	29.97	29.14	11.63	70.74
Dallas	23.23	41.81	9.40	74.44
San Francisco	34.81	34.28	7.00	76.09
Los Angeles	38.48	32.68	7.00	78.16
St. Louis	40.55	30.42	8.85	79.82
San Antonio	36.16	36.84	8.90	81.90
New Orleans	37.36	33.37	13.40	84.13
San Jose	43.84	34.28	7.00	85.12
Columbus	38.19	36.04	11.05	85.28
Detroit	38.76	36.43	10.20	85.39
Chicago	35.85	43.87	6.50	86.22
Washington, DC	44.48	34.47	8.18	87.13
Houston	39.94	37.85	9.90	87.69
Cleveland	32.14	46.52	12.45	91.11
Jacksonville	42.19	38.36	11.05	91.60
Baltimore	42.67	37.87	11.25	91.79
Denver	48.99	35.27	8.15	92.41
Phoenix	37.60	46.23	8.97	92.80
Milwaukee	43.49	38.95	11.95	94.39
Philadelphia	46.28	48.16	7.50	101.91
San Diego	42.71	57.83	6.70	107.24
Boston	55.76	51.33	10.80	117.89
New York	57.42	80.35	6.36	144.13

To get gas price per therm, divide gas bill by 70.

For price of electricity, divide electric bill by 500.

Only the basic flat service fee is shown for telephone service. To the amount given must be added charges for instrument ~ental, surcharges, additional add-ons for special services okayed ~ ~he state's utility supervisors (often called the "public utility ~ssion").

INDEX